죽은 자를
다시 잉태하는 꿈

사가다 아키 · 한성례 옮김

서정시학

나는 쓰다 만 답신

7월의 식탁보에 쏟아지는 햇살에게

멀리서 불어오는 바람이 실어 온 새의 지저귐에게

많은 생물들이 보내준 생명의 붙에게

진흙 속 피투성이로 죽은 병사의 신음에게

지중해에서 시작된 영원한 물음에게

중국의 산속에 사는 현자가 그린 꿈에게

아침의 빵을 부풀게 하는 생명의 씨앗에게

나를 끌어안은 다정한 손에게

— 「답신」 부분

죽은 자를 다시 잉태하는 꿈

死者を再び孕む夢

사가와 아키(佐川亜紀) 지음

한성례 옮김

시인의 말

저는 어렸을 적부터 누군가가 바라보는 시선과 함께 자랐습니다. 그 사람의 나이는 20대에 머물러 있었고 물끄러미 바라보는 눈빛이 어딘가 슬퍼 보이는 사람이었습니다. 마치 따사로운 봄날에 나뭇잎 사이로 내리쬐는 햇빛 같았습니다.

바로 제 어머니의 오빠인 외삼촌입니다. 필리핀에서 전사하기 전에 찍은 그의 사진이나 그가 그린 그림들이 집 안 여기저기에 걸려 있었습니다.

그를 죽게 한 전쟁이란 뭘까. 그가 향한 땅에서, 아시아에서 대체 무슨 일이 벌어졌던 걸까.

제 시의 밑바탕에는 이러한 의문이 늘 존재했습니다. 그리고 다른 사람의 시선과 말이 저를 형성하는 요소라는 점도 느끼고 있었습니다.

아시아가 보내는 시선, 아시아를 보는 시선, 유감스럽게도 일본은 그 두 개의 시선이 일치하지 않습니다.

어긋남과 공감이 교차하는 가운데에서 시가 싹틉니다.

제가 처음 한국의 시와 문화, 역사를 접한 건 대학교 때였습니다. 충격적일 만큼 강렬한 인상을 받았습니다. 한국에서는 시가 사랑을 받고, 시인이 존경받고, 시인이 시만을 위해 삶을 영위

한다는 사실이 놀라웠습니다. 한국의 역이나 버스정류장에는 김
소월을 비롯한 현대시인의 시가 붙어 있는데 이 또한 경이로웠
습니다. 사회 문제나 역사 문제를 과감하게 시의 주제나 소재로
삼는 한국 시인들의 의욕에도 감명을 받았습니다. 시 창작을 시
작한 후로, 제 시에 나타나는 사회비평성이나 역사성은 많은 부
분 한국 시에서 영향을 받았습니다. 일본과 한반도의 역사에 대
해서도 반성과 함께 진지하게 돌아보게 되었습니다.

또 한국의 근·현대 시인은 국경을 초월하여 보편적인 시정
(詩情)이나 현대인의 고뇌를 그려냅니다. 이렇듯 현대시가 그 나
라 고유의 언어와 문화에서 탄생했음에도 국제적인 공감을 얻을
수 있음을 한국시는 증명해 주었습니다. 제가 그러한 국제성에
조금이라도 근접했다면 더없는 기쁨입니다.

이번에 명예로운 창원KC국제시문학상을 수상하게 되어 영광
입니다. 역대 수상자 명단을 보고 그 걸출한 이름들에 놀랐습니
다. 저의 미미한 성과에 비해 과분한 평가를 내려 주셔서 황송
할 따름입니다. 심사위원 여러분들께 진심으로 감사드립니다. 아
울러 사단법인 시사랑문화인협의회의 최동호 선생님과 김달진 문

학관, 창원시에 깊이 머리 숙여 인사를 올립니다. 한국과 일본의 시문학 교류를 위해 더욱 힘내라는 격려의 뜻으로 알고 감사히 받겠습니다. 한국과 일본의 시인과 시 교류를 위해 헌신적인 노력을 아끼지 않으셨던 김남조 선생님, 김광림 선생님, 권택명 선생님, 한성례 선생님을 비롯한 여러분들께도 경의를 표합니다. 그동안 일본에 한국 시를 소개하는 데 많은 도움과 가르침을 주신 시인들께도 감사드립니다.

이번 수상을 기념해 제 한국어시집을 출판하게 되어 무엇보다도 기쁩니다.

앞으로도 미력이나마 한국과 일본, 세계의 시 발전과 교류를 위해 끊임없이 노력하겠습니다.

마지막으로, 늘 온 힘을 다해 한일 간의 시와 시문학 교류를 위해 애쓰시고, 이번에도 제 한국어시집을 번역해주신 한성례 선생님, 제 시를 깊이 읽어주시고 애정 어린 해설을 써 주신 권택명 선생님께 무한한 감사의 말씀을 올립니다.

2014년 10월

일본 요코하마에서

차 례

제1부 죽은 자를 다시 잉태하는 꿈

제2부 영혼의 다이버

제3부 답신

제4부 꽃누르미

제1부 죽은 자를 다시 잉태하는 꿈

반점

내가 어렸을 때
등에 자그마한 반점이 있었는데
그 위치도 모양도
남쪽 나라에서 죽은
엄마의 오빠였던 한 청년과
꼭 닮았다고
할머니도 엄마도 말했었다
내가 태어난 방에는
그가 남긴 크림색의
섬세한 장미 그림이 있었는데
그는 그 섬세함을 거부하듯
팔레트를 빠개버리고 출정을 했다
돌아가면 엄마가 지어 준 팥밥을 먹고 싶다고
편지에 썼지만
돌아온 것은 비누 한 장
비누와 붉은 팥밥을 제사상에 올렸다
이렇듯 그는 애처로운 사람이었지만
그가 그 가느다란 손가락으로

남쪽 나라 사람을 향해
총을 쏘고 약탈하고 욕보이고 죽였을지도
모른다고 생각한 것은
내가 그가 죽은 나이가 되었을 무렵이었다
반점은 어느새 사라졌다
어느새 사라졌지만

그가 죽은 나라에서는
강가에 전쟁기념관이 세워졌고
글귀 하나가 새겨져 있다
'용서하자 그러나 잊지는 말자'

용서받으려 하지도 않았는데
용서하자는 말을 듣는 것은 섬뜩하다
잊기를 서슴지 않는데
잊지 말자는 말을 듣는 것은 섬뜩하다

한 번도 만난 적 없는

그 청년과 똑같은 반점이 내게도 있어서
그것이
내 삶에
하나의 형태를 부여하고
시간의 연결과
사람의 연결을
생각하게 했음을
이제야 깨달았다

땡큐세트를 유 군과 먹던 날

사촌 여동생이
향수 냄새를 희미하게 풍기며
390엔짜리 땡큐세트
맥도날드 더블치즈버거를
베어 물었다
빵 사이에
두 장의 둥글고 납작한 고기 조각
갓난쟁이의 엉덩이를 닮은 두 개의 동그라미
엄마는 아이의 어딘가를 베어 먹고
귀신처럼 울다 웃다 할 때가 있다
거울을 보듯 사촌 누이의 얼굴을 보고 있다

보육원에 맡겨놓은
유의 오랜만의 외출
즐거운 듯 덥석덥석 받아먹으며
더듬더듬 고맙습니다를 연발한다
컨베이어벨트에서 흘러나오는 듯한
매장 내의 고맙습니다 라는 말의 흉내

두 살배기 유와 내 딸은
신이 나서 떠든다

고마워할 일이 아니다
재일조선인이었던 너의 아버지를 말살시킨 게 우리였고
(과거의 잘못을 말살하고 향수를 뿌려 왔고)
너를 보육원에 버리듯이 맡긴 사람도 우리였고
(역사의 밖으로 버려진 많은 어린아이들)
어떠한 분노의 말도 원망의 말도
잊고 돌아보지 않는 마음
하지만
고맙다는 말은
되돌아와 세차게 소용돌이친다

태어나게 해줘서 고마워요
낳아줘서 고마워요
모든 아이가 그렇게 말할 수 있을까, 정말로 그럴 수
있을까

말할 수 있는 세상이 만들어질까, 정말 그럴 수 있을까
돌아오는 길
딸아이는 뭔가를 묻듯이 더듬더듬 고마워를 연발했다

빨간 스웨터와 소녀

올 겨울
바겐세일에서
가장 싼 스웨터를 샀다
폭신폭신한
손뜨개라고 선전하는
빨간 스웨터

집에 돌아와
비닐봉지에서 꺼내자
스웨터 코 사이에
가늘고 부드러운 머리카락이 한 가닥 끼어 있었다
잡아 빼서 햇빛에 비춰보니
천진난만한 소녀가
으음 하고 기지개를 켜는 듯하다

제품 표시에는
메이드 인 코리아

고층 빌딩에
둘러싸인 평화시장
허리를 펴면 머리가 지붕 위로 비어져 나올 듯한
천장 낮은 작업장에서
집중하여 손을 움직이는 열두 살 견습공 소녀들
예전에 서울의 초등학교에서는 일본어로 수업을 했다

머리카락은 이내 잊고
난방이 잘 되는 방에서
그 스웨터를 입었다
따뜻했지만
가끔 따끔거렸다
따끔거리게 하지 마
라고 말하자
따끔거린다고 느낄 뿐이잖아
어차피 또 잊어버릴 거면서
금색으로 반짝이는 스웨터의 털끝이 대답했다

겨울이 지나
스웨터를 옷장 깊숙이 집어넣었지만……
문득 돌아보면
모든 것을 비추는 한강처럼
소녀의 티 없이 맑고 커다란 눈동자가
가만히 이쪽을 바라보고 있다

3월 말의 눈 오는 날에

한 자루의 단단한 장작이
타고 남은 재로 변해 바스러지듯이
아버지가 쓰러졌다
신장에서 피를 흘리면서도
만들다 만 기계와
거래처 회사 이야기만 한다
겨우 피로를
침대 위에서 짜내려고 하자
몸이 반으로 줄어들어버렸다

"차남은 필요 없어"
장남이 전쟁터에서 돌아왔을 때
설국의 농가에서 쫓겨난 후로
한 번도 고향에 돌아가지 않았다
도쿄 오타구 가마타 오모리에는
아버지처럼
고향에서 쫓겨난 사람
　　　　떠나온 사람이

작은 공장 작은 가게 작은 사무실에서
이른 아침부터 밤늦게까지
달그락 달그락 일을 했다
얼기설기 이은 양철지붕이던 I씨의 공장은
2층짜리 철근 콘크리트 건물로 바뀌었다
지난해 자신이 개발한 기계 옆에서
심근경색으로 죽고 나자
"진심으로 바라던 바였는지도 몰라"라고
갑자기 흰머리가 늘어난 부인이 말했다
N씨의 야채가게가 있던 자리에는
대기업 슈퍼마켓이 생겼고
N씨 일가의 행방은 알 길이 없다
어렸을 적 같이 놀던 유코가 준
공깃돌만이 남았다
어느 제철소는 폐쇄되었고
오랫동안 일했던 390명은
갈 곳도 없이 퇴직했다

일 얘기만 했더니
아버지는 입을 다물고 말아서
나는
종양이 좀먹은 신장에서
유리그릇 안으로
똑똑 떨어지는
혈뇨 방울소리를 듣고 있었다
피로가 살아 움직이는 소리를 듣고 있었다
뭔가에 도려내어진 듯한
나도 도려낸
움푹 파인 뺨을 바라보았다

3월 말에 내리는 눈은 쌓이지 않고
추위만이 파고든다
밤의 병실에서
그 혈뇨 방울의 울림만 듣고 있었다
그 움푹한 볼의 깊이만 보고 있었다

<옮긴이 주>
* 도쿄 오타구 가마타 오모리(東京大田區蒲田大森): 일본 도쿄 내의 지명.

UFO형 빵 굽는 솥

뚜껑은 반구형에 꼭대기엔 까만 꼭지
아래쪽은 평범한 냄비 모양
반원형 나무 손잡이가 두 개 붙어 있다
한쪽에 전선이 이어져 있다
진즉에 검게 그을었지만
도료를 칠하지 않은 금속 본디의 광택이 난다
스테인리스제일까
재질이 뭔지 물어보고 싶어도 아버지는 이제 없다
패전 후
야마가타의 공업학교를 졸업하고 상경한 아버지가
세타가야에 살던 미국인 부인의 의뢰로
수리하고 개조한
작품 제1호
안에 둥근 케이크 틀이 들어 있지만
케이크 같은 건 사치인지라 빵 굽는 용도로
마을 공장에서 몇 대인가 주문 제작했다
이거 꽤 잘 팔렸지
약간의 밀가루와 옥수숫가루, 기아, 공허, 희망을 한데

넣어

　뚜껑이 벌어질 만치 부풀어 오르는

　정체 모를 빵도 만들었다

　그 후로는

　가마타마치에서

　밤낮없이

　오로지 기계 설계도만 그려댔다

　불탄 허허벌판에 공장이며 빌딩이 가득 들어섰다

　하도 프레스 기계를 만들기에

　사람이 꾸욱 프레스 되는 건 아닌지

　생각한 적도 있다

　말년에는 대기업에서 의뢰 받은 원자로 내부 청소 로

봇을

　설계하다

　과로로 세상을 등졌다

　뭔가 중요한 설계도 그리는 걸 잊고 간 듯도 하다

　지금도 어머니가 사는 집 부엌 구석에 있는

　작품 제1호 UFO형 빵 굽는 솥

밤이 오면

남몰래 우주를 난다

그리고는 남몰래 태양 곁에서 빵을 구워

쓸쓸하게 벌린

생명의 입에 살며시 넣어 준다

위대한 설계도처럼 별자리는 반짝이고

제물로 바친 육고기처럼 빵은 우주로 사라진다

<옮긴이 주>
* 야마가타(山形): 일본 도호쿠(東北) 지방에 속한 야마가타현(山形県)을 가리킨다.
* 세타가야(世田谷): 일본의 수도 도쿄에 위치한 지역.
* 가마타마치(蒲田町): 과거 일본 도쿄에 존재한 지역. 현재 오타구(大田区)의 중앙부에 해당한다.

할아버지의 물건 찾기

마른 냉기가 뺨을 어루만지고 가는 겨울 아침에는 꿈과 현실의 경계 속에서 먼 과거의 할아버지 목소리가 들린다.

"아키야, 그거, 그거 좀 찾아다오."

초등학생이었던 나는 뇌질환을 앓던 할아버지의 물건 찾기 당번이었다. 할아버지는 이따금 부자유스러운 말과 손짓으로 무언가를 찾아 달라고 요구했지만 그게 무엇인지조차 가족들은 모르는 탓에 할아버지는 짜증을 내다 못해 노기 어린 눈물까지 비쳤다. 나는 감이 빨라 남들보다 물건을 잘 찾았다. 할아버지의 물건 찾기가 쓸모와는 별 관계가 없다는 것을 어렴풋이 알았다. 이를테면 구름 한 점 없이 맑은 날에 찢어진 우산을 찾아 달라거나 아무 데도 가지 않으면서 중절모를 찾거나 식사 시간에 도넛을 찾는가 하면 닳아빠진 레코드판을 가져오라는 식이었다. 쓸모와 거리가 먼 물건들은 할아버지의 침상 한구석에서 평소와는 완전히 다른 얼굴로 숨을 쉬었고 은밀히 대화하는 소리마저 들렸다. 할아버지가 우산 모양의 타임머신을 타고 내가 모르는 시대의 세계로 들어가는 것 같았다.

커다란 갈색 가죽 트렁크도 잊히지 않는다. 그 트렁크
는 생사(生絲) 장사를 하던 할아버지를 따라 혁명이 한창
이던 소련까지 갔다 왔다. 호텔에 갇혀 있던 탓에 거래는
성사하지 못했어도 멋진 여행이었다고 종종 이야기했다
고 한다. 하지만 혁명의 열기를 트렁크에 채우는 대신 만
주철도 회사의 주식 나부랭이를 잔뜩 채워온 일이 현명
했는지는 모르겠다. 주식은 패전 후 하룻밤 새에 휴지조
각으로 전락했다. 아들 하나는 전사하고 다른 아들 하나
는 영양실조로 죽었다. 부재지주라 하여 몰수당한 토지를
보러 갔다 와서 너무 큰 변화에 충격을 받았는지 그 뒤
로 드러누웠다. 할아버지가 무엇을 보았는지는 아무도 모
른다.

꿈에 나타나는 할아버지는 중절모를 쓰고 그 트렁크를
들고 있다. 트렁크 안은 비었다.

— 어디 가세요?

— 물건 찾기 여행이지. 사람은 항상 무언가를 찾아다니
니까. 찾아낸 줄 알았더니 그저 그림자나 환각일 때도 있

단다. 사람은 티끌만 한 빛이라도 찾으려고들 하지. 설령 헛수고만 한 여행일지라도 무엇이 헛수고인지 아무도 알 턱이 없지.

그리고는 우산형 타임머신을 타고 아직 동이 덜 튼 자줏빛 하늘로 사라져갔다.

<옮긴이 주>
* 부재지주(不在地主): 땅을 소유하였으나 실제 거주하지는 않는 지주. 주로 농지를 소유하고 직접 경작은 하지 않는 경우를 가리킨다.

죽은 자를 다시 잉태하는 꿈

그리고 제6의 시간에 하늘의 여신 누트(Nut)가
사자(死者)를 맞아들여 다시 아기로 낳았다.
— 고대 이집트 신화

할머니는 죽기 전에
또 임신하는 꿈을 꾸었다
예순다섯 살의 몸은 이미
태양을 빛나게 하고 잠겼다가 다시 빛나게 한다
다달이 하던 그 일이 끝났을 텐데
나쁜 피에 어린잎 향기를 맡고
이상한 응어리가 생긴 배를
나날이 색이 짙어지며
커져가는 과실을 사랑스레 쓰다듬었다
반쯤 혼탁해진 의식 속에서
"히데오와 다쓰오를 또 낳을 거야"
병세가 위중한데도
햇볕에 짙게 물든 잘게 주름진 뺨의
깊은 곳에는 여전히 붉고 뜨거운 데가 있어

아들들을 낳았던 스무 살 무렵과 같은
생명의 긴장감이 있었다

뼈대 있는 집안에 시집 가
학식도 돈도 있는 할아버지에게 내내 기죽어 살았다
일 잘하고 튼튼하다는 게 할아버지의 집안이 할머니를
간택한 이유였다
할머니는 전쟁이 끝나고 내가 태어난 뒤에도 식구들과
다른 상에서 밥을 먹었다
부엌 가까이 놓인 조그만 밥상
스스로도 그 위치를 바꾸려 하지 않았다

유일하게 할머니가 할아버지에게 자랑스러워한 것은
사내아이 둘을 낳아
어엿한 천황의 병사로서 나라에 보탬을 준 일이었다
작은 농가 출신의 딸이 내세운 슬픈 자랑
할머니는 패전 후에도
천황 부부의 사진을 떼어내지 않고

아들 잃은 슬픔을 입 밖에 내지 않았다

"뱃속에 히데오와 다쓰오가 있어
정어리 헤엄치듯 힘껏 걷어차고 있어
이번에 낳으면
그렇게 죽게 놔두지 않을 테야
이번에 낳으면"
할머니의 자궁 안에서
고향 구주쿠리 해안의
거친 바다가 울고
꼬리를 번득이는 어린 물고기가 배를 찬다
온갖 인력(引力)에 저항하며
햇볕에 새까맣게 그을린 두 팔만으로
지인망 그물을 당긴다
야윈 다리로
생과 사가 뒤섞인 모래펄을 짓이기며
지인망 그물을 당긴다

할머니의 배는 정말로

태아가 웅크리고 있는 것처럼 불러오더니

무엇인가를 낳기라도 하듯

빛을 향해 몸을 열면서

숨을 거두었다

잉태하다

태어나고 싶어?
그렇게 물을 수는 없다
태어나기 싫어
그렇게 대답할 수는 없다
태곳적부터 빼앗긴
물음과 대답 앞에서
잉태하는 일은
풀어지지 않는 털실 뭉치를
억지로 떠넘긴 듯
꺼림칙한 느낌이 든다
지구보다도 무거운 공을
느닷없이 던져줘 안긴 듯한
씁쓸한 느낌이 든다

어두운 우주의 바닷속을 표류하는
조그마한 생명이여
네 눈은 총탄으로 도려내어지는가
네 코는 아침 이슬에 젖은 파 냄새를 맡을 수 있는가

네 귀는 비쩍 마른 다섯 살배기 아프리카 아이의 비명
을 듣는가
　네 입은 부드럽게 맞물리는 입술을 가졌는가
　네 볼은 마음의 조각칼로 깎아내어지는가
　네 몸은 죽기 전에 재로 분해되는가
　너는 한 장소를 점유할 힘이 있는가
　너는 한갓 숫자일 뿐인가
　너는 너로서 존재할 수 있는가

　어머니 뱃속의 붉은 문을 열기 시작한 이여
　생명이라는 신비한 나무의
　세상이라는 요동치는 생명체의
　윤곽을 더듬는 것은 네 손가락이다
　색채를 알아보는 것은 네 눈이다
　미지의 언어를 알아듣는 것은 네 귀이다

제철

가을볕에 비늘이 반짝이고
시퍼렇게 갈린 칼날처럼
시신경을 가르고 들어오는 물고기
그 빛깔도 살도 피도
생명의 매력은
바로 지금 정점을 찍고 있다

인간들이여
나를 먹게 해 주마
이것은 내 고유의 맛이다
내 최고의 맛이다
생선가게에서 알려주지 않아도
내가 보증한다
너희들은 이 맛을 만들 수 없어
너희가 할 줄 아는 거라고는
자연을 모방하는 일이다

그렇게 자랑스럽게 말하기에

하나의 생명에 백오십 엔은 터무니없이 싸다
일억 엔이라도 비싸지 않아!
마음은 그렇지만
일억 엔 따위 갖고 있을 리 없으니
두 개의 생명을
이백팔십 엔으로 깎아서 샀다

인간에게도
제철이 있는 모양이다
여기저기 경매시장에
나가서
굽실거리며
제 몸을 팔지 않으면
제 몸 하나 못 먹여 살린다
비싸게 부르자니 자신을 잃어버리고
싸게 부르자니 자신도 생활도 잃어버리고
(그렇다고 적당한 인간의 가격 따위가 있겠는가)

그러니
빠끔히 벌린 입에
먹히지 않으려면
되도록
맛없는 게 좋다
심해어처럼
정체불명의 맛으로
어물쩍 어물쩍
자신의 맛을 자아내고 싶다
그리고
제철이 끝날 때까지
먹히지 않고
맛없는 채로
내 모습 그대로
살아남고 싶다

호수 바닥에서

초록빛 호수는
풍만한 가슴이 조용히 호흡하듯
잔물결이 끝없이 퍼져간다
햇빛은 파도에 부서져
황금빛 스테인드글라스를 그린다
덤프트럭이 쉬지 않고 지나는 대교 저편에
사가미호 댐이 있다
유람선 구지라마루가 세차게 뿜어 올린 호수 물을
아이가 손을 둥글게 오므려 받았다
물 가지고 놀래
오목한 손 안의 물은
어렴풋이 흔들리고
어렴풋이 따스하고
조금씩 넘치는 것이
살아 있는 심장 같다
따뜻하고 부드럽게 피가 흘러 추억으로 채워진 심장
당신의 혼을 이처럼 받아들일 수 있을까
수도에서 나와 입술을 적시고 내 온몸을 흐르는 물

매일 요코하마와 가와사키 사람들을 목 축여주는 물
최신 기기를 움직이는 전기
'1000KW 발전능력당 한 사람 죽는 것이 당시의 관념'
'물에는 피가 흐르고 있다'
이 호수를, 댐을 만든 조선 사람인 당신이
없다
당신은 분명
존재했음에도
없다
겨우겨우 세운 위령비에도 없다
있다고 해도 당신의 이름이 아니다
'일본명'으로 불리는 이름
느닷없이 끌려와 느닷없이 붙여진 이름
당신의 조상이 당신의 가족이 당신의 고향이 당신의
땅이 숲이 강이
살아서 살처럼 붙어 있는 이름이 아니다
중국인인 당신이 없다
일본 여자가 없다

일본의 학도병으로 강제 동원된 학생이 없다

없는 채로 더욱 없어져서

내 마음 어딘가에서 이지러진 채로

더욱 이지러져서

더 이상 살아가지 못하게 될 것 같은

반쪽짜리 역사의 페이지

공백조차 없이 억지로 집어넣은 잔혹함

당신의 넋을 조용히 부르던 사람이 있고

당신의 넋이 있는 곳까지 자신의 발로 걸어가고자 했
던 사람이 있어서

당신이라는 존재가 간신히 아주 간신히 보인다

차마 불러 세우지 못할 만큼

아득한 혼

바람이 지나며

호수의 수면을 흔들어

호수의 바닥에서 이야기가 살며시 눈을 뜬다

〈옮긴이 주〉
* 사가미호(相模湖): 일본 가나가와현 사가미하라시(神奈川県相模原市)에
  소재하는 인공호수.
* 요코하마(横浜): 가나가와 현의 현청 소재지.
* 가와사키(川崎): 가나가와 현 동북부의 도시.

보석

얼음 알갱이 같은 비가
찰싹찰싹 등을 때려
마음속까지 차갑게 때려
일본인은 모두 우비나 도롱이를 입는데
조선인인 우리들은 눈이 와도
셔츠 한 장
밤에 잘 때도 (추워서 잔뜩 웅크리고 잔다)
임금은 삼분의 일
자갈 골라내기 콘크리트 반죽하기 거푸집 짜기 타설하기
위험한 비계 설치 일을 해도 삼분의 일
그것도 도망치지 못하도록 저금해둔다
말만 안 통하는 것이 아니라
더욱 안 통하는 것이 있다

"너희들 태도가 그게 뭐냐"
아침 여섯시에 점호
궁성요배
우로 봐 하낫둘 하낫둘

작업 전에 군사훈련으로 정신을 가다듬는다

("이 일이 그들에게 정신적으로 굉장히 힘들었다고 하
더군요")

"발파할 거야"

"뭉그적거리지 말고 콘크리트 주입해"

콩밥 한 그릇

된장국 마늘 고추

이걸 먹고 제대로 일이나 할 수 있을까

보석 넣어라 보석 넣어라

직경 사십칠 센티미터의 돌

콘크리트 믹서는 막혀서 쉬고 있고

두들겨 맞아도

보석 넣어라 믹서의 어두운 구멍에

저녁 여섯시에 점호(야간작업을 할 때도 있다)

한 명이 모자란다 도망친 것도 아니다

또야? 또 죽은 거야?

(시체며 유골은 어떻게 되었을까)

영혼만은 고향에 돌아가고 싶어서

졸졸 사가미가와 강을 흘러갑니다

영혼이 스쳐간 강의 돌은

보석처럼 슬프게 빛납니다

<옮긴이 주>
* 타설(打設): 건물 벽의 형태대로 짠 거푸집 안에 콘크리트 반죽을 주입
  해서 굳히는 작업.
* 비계(飛階): 건축 공사 시 높은 곳에서 일할 수 있도록 설치한 임시 가
  설물. 재료를 운반하거나 작업원의 통로로 이용되는 발판이다.
* 궁성요배(宮城遙拜): 일왕이 사는 궁궐을 향해 고개 숙여 절하던 예법.
* 사가미가와(相模川)강: 일본 가나가와현 사가미하라시(神奈川県相模原
  市)에 소재하는 강.

생명의 나무

아이는 마음속 주머니에 많은 질문을 담고 있다
크고 빨간 사탕처럼 입 안을 질문으로 가득 채우고
석양 하늘을 이리저리 날아다니며 질문을 찾아오기도
한다

어째서 사람들은 유키의 엄마에게 말투가 웃기고 이상
한 사람이라 그래?
필리핀은 어디야?
요우는 왜 금방 오키나와로 돌아가는데?
일이 없어서 아빠 혼자 요코하마에 와 있다는데 왜 요
우랑 같이 안 살아?
맞짱 뜨는 게 뭐야?
소리마치역에서 고등학생 누나들이 촌코들 건방지다고
했어. 좀 무서워
이웃집을 부수는데 흑인이 왔어
언덕 아래 아파트는 작은데 검은 사람이 잔뜩
나왔어 신기해

그런 물음들이 운석처럼 떨어진다

이 나라에서는 그런 질문은 당장 잊어버리렴 더 즐거
운 일 유익한 일을 생각하렴 하고 말해주어야 한다

이 나라에서 그런 질문을 생각한다는 게 두렵다

잠든 아이들

동물처럼 영리한 머리로

너희들은 알고 있다

내가

하얀 베란다에 내놓은 조화 같은 포토스 화분 하나를
지키기 위해

사람 한 명이 아니라 나라 하나쯤도 멸망시킬 수 있다
는 것을

너희들의 푸른 하늘 같은 눈을 탁하게 하고

고양이 말을 알아듣는 귀를 숨기고

언젠가 그 바쁜 입을 막으리라는 것을

너희들의 질문을 받아들이려 하면

유키 엄마의 나라에서 죽은 큰할아버지를 떠올려야 한다
뱀과 도마뱀을 먹으며 총을 쏘았던 큰할아버지
이젠 그걸 할머니만 기억하고 있어
그리고
너희들의, 유키의, 요우의 따뜻한 생명을 안아주는 것

언젠가 본 적이 있는
말기 암환자의 스케치북 그림
살겠다는 의지를 되찾을 때마다
바짝 마른 나무에
녹색 잎을 한 잎 한 잎씩
늘려가던 것을
금색으로 빛나는 하나하나의 생명의 잎
우리들은 마음 어딘가에 암을 키우고 있다
그리고 마음 어딘가에서 신의 눈물방울을 받은 양 기도하고 있다
새로이 사는 것

바짝 마른 나무를 생기 넘치게 하는 하나의 잎이 되고
자 하는 것
　모든 잎을 안고 있는 큰 나무를 느낄 수 있게 되는 것
　아이들의 물음이 그 싹이 되는 것을

<옮긴이 주>
* 소리마치역(反町駅): 일본 가나가와현 요코하마시 소리마치에 있는 역.
* 촌코: 한국인 고등학교 또는 그에 재학 중인 고등학생을 얕잡아 이르
　는 속어.
* 포토스(pothos): 태평양 열대지방이 원산지인 덩굴성 상록 여러해살이
　풀. 에피프렘넘(epipremnum) 또는 스킨답서스(scindapsus)라고도 한다.

51

제2부 영혼의 다이버

오월의 바람

오월의 바람이
책장을 넘겼다
나뭇잎 사이로 햇살이
언어를 비췄다
우리는 같은 행에 줄을 그었다
우리는 처음으로 서로 미소 지었다
우리는 둘이서 짧은 대화를 나눴다
우리는 처음으로 서로의 눈동자를 깊이 들여다보았다

대학교 여름방학
경제와 철학과 사랑에 대한
긴 편지가 도착했다
물빛 편지지에
딱딱한 단어를 더듬더듬 적어 보냈다
마음의 포근한 구석이
세상의 포근함처럼 열렸다
아르바이트에서 돌아와
레몬스쿼시를 마셨다

아무 것도 가진 게 없던 날
그저 생명의 힘이 여름 해처럼 뜨겁고
무언가를 갈구하는 눈동자의 반짝임이
끝없는 하늘을 나는 날개의 빛이었던 날
두 사람의 마음의 책장을
세상의 책장을 열고픈 어린 풀의 손가락

젊은 마르크스가 쓴
『경제학 철학 초고』
인간 해방이라는 말
파리의 마로니에나무 아래에서 사람들은 읽었다
중국의 황허강 유역에서 사람들은 읽었다
러시아의 페치카 앞에서 사람들은 읽었다
불가리아의 목초 안에서 사람들은 읽었다
아시아의 빗발치는 총탄 속에서 사람들은 읽었다

언어는 무거운 그림자를 짊어졌다
언어는 죽음의 물결 속으로 몇 번이고 가라앉는다

언어에서 몸이 밀려나온다

언어가 긁힌다

우리는 학살의 역사를 애독한다

겉치레의 동네에서

우리는 마주치는 일 없이 지내고 있다

다만 때때로 세계의 저편에서

　　　　　　　마음 저 아래서 바람이 부른다

오월의 바람은 지구의 숨결처럼 끝없이 분다

무화과 꽃

거꾸로 세운 달걀처럼 생긴 꽃주머니 속에
무수히 작은 꽃을 간직하는 무화과
생명의 꽃들이 잠드는 자궁
그 꽃들을 군홧발로 짓밟은 자 누구인가

봉기 씨
소리 내어 부르는 것조차 허락되지 않는 우리들
나하의 아파트 문을, 창을, 마음의 문을
꼭꼭 잠그고
가끔씩 엄습하는 격한 두통을 견디던 날들
핏속에 고인 기억의 흔적
조선에서 오키나와로
어떤 처녀는 중국으로 파푸아뉴기니로 태국으로……
일본군이 추악하고 기괴한 민달팽이처럼 기어간 흔적
꽃이 피를 뚝뚝 떨어트리며 질질 끌려간 흔적

바나나가 떨어지는 낙원
그런 말로 속여서

땅을 빼앗고
몸의 밑바닥까지 굶주리게 만들어
매달리는 부모와 연인과 아이들을
총칼로 밀쳐내고
트럭에 가득 실어서
끌고 간 조선인 종군위안부 처녀들

홀로 죽게 만들었다
꿈에서나마 돌아갈 집을 빼앗긴
봉기 씨가 소리 죽여 부르던 노래

"언젠가
아들도 딸도 낳는
여자가 되세요
밥도 잘하고 살림도 잘하는 부지런한 사람
아들도 딸도 낳는
그런 여자가 좋아요"

아이를 낳지 못하게 된 여자들의

이 노래가 들리나요?

일본의 남자들

천황의 사진 아래에서

아들이나 남편의 무운과 충성만을 바라던 여자들

아들이나 남편의 학력과 승진만을 바라던 우리들

무화과 잎사귀와 줄기를 자르면

무녀의 하얀 젖과 같은 즙이 흘러나온다

고통의 즙이 땅에 스미고 있다

<옮긴이 주>
* 봉기: 일본 오키나와(沖繩)의 일본군 위안부로 끌려간 배봉기 할머니
 (1914~1991)를 가리킨다. 배봉기 할머니는 자신이 위안부였다는 사실
 을 처음으로 밝힌 위안부 피해자이며, 할머니의 증언은 『빨간 기와집』
 이라는 책으로도 출간되었다.
* 나하(那覇): 일본 오키나와현 남서부에 위치한 도시.

퀼로트 스커트와 파고다 공원

엷은 남색 봄 코트에
살포시 먼지를 올리며 달려간다
서울, 분주히 달리는 자동차
고층 빌딩
노점상의 고추장 떡볶이
짧은 퀼로트 스커트를 입고 출근하는 여자들
패션은 세상을 똑같은 모습으로 보이게 한다
골짜기처럼 무너져 내리던 작은 집들
지하도에서 운동복 깃에 얼굴을 묻은
비렁뱅이 소년
차가운 바람이 관통하는 지하철 입구에서
약이며 떡을 파는 노파들
지하 한가득 스며 나오는 긴장
핵확산방지조약에서 탈퇴한 북쪽의 조국
훈제된 돼지머리가 늘어선 남대문시장
"젊은 언니, 가죽점퍼가 싸요"
나는 이제 젊은 언니가 아니지만
그렇게 불러주니 기쁘고

그렇게 쓰이는 일본어가 조금 슬프다
장사를 위한 일본어도 중요하다
생활을 위한
마음을 위한 일본어는
그들에게 얼마나 전해졌을까

가이드 최 씨
생후 2개월 된 갓난쟁이의 엄마
"일본총독부 건물은 경복궁의 정문을 옮기고서 그 자
리에 지어졌습니다"
"시인 윤동주는 일본에서 마루타(생체실험)로 살해되었
을지도 모릅니다"
"듣기 불편한 이야기겠지만 역사적 사실입니다"

파고다 공원에서
삼월의 싹을 틔우는 바람을 일본말이 갈라놓는다
"오카상"이라고 말하는 아이들의 목소리조차도
"우리나라 만세"와 "어머니"를

외치며 죽은 사람들, 학생, 아이들
1919년의 삼일독립선언을 기념하는 공원

어떤 소리에
공원의 비둘기가 일제히 날아오른다
그러자
바둑을 두며 담소를 나누던
수많은 할아버지 할머니들이
일제히
이쪽을 응시하며 일어서는 환각
총, 성난 함성, 비명
피가 바다처럼 넘실거리는 땅
퀼로트 스커트 차림 아가씨들의 시원스런 눈매가
종군위안부들의 결코 용서치 못하는 눈과 겹친다
아시아의 깊은 구멍 같은 눈
말문이 막힌 채 그 자리에 못 박힌 나

〈옮긴이 주〉
* 퀼로트 스커트(culotte skirt): 스커트 모양을 띤 통이 넓은 반바지. 원
  래는 여성용 승마복으로 고안되었다. 디바이디드 스커트(divided skirt)
  라고도 부른다.
* 오카상 : 일본어로 엄마라는 말.

미친 듯이 춤추는 나무

두 팔을 곧게 뻗은 채
내내 서 있는 나목(裸木)
새하얀 어둠이
벗겨진 피부처럼 늘어진다
검은 빛이
뽑힌 나무 잎사귀를 다시금 새긴다
파란 불꽃이
가지 끝에서 흘러나온다
잿물이
영원한 추위를 두른다

어느 날부터
히로시마의 나무들이
기적처럼 되살아났다고 말하지만
잎도 꽃도 피우지 못하는 나목은
여전히 존재한다
땅으로 돌아갈 수도 없고
상처받은 나목 그대로

상처받은 알몸뚱이 영혼 그대로

더욱더 심하게 뾰족해져서
가시 같은 나목
분노를 굳게 억누르고
강철 같은 슬픔
조선인 피폭자
한국인 피폭자의
가시 같은 나목
나누어진 하늘에
박힌 채

그들 나목
가시 나목이
마음에서 사라질 때
다시 나무는
하늘을 향해 미친 듯이 춤춘다
원자폭탄의 맹렬한 회오리처럼 미친 듯이 춤추는 나무

"하늘을 향해 미친 듯이 춤추는 나무는 화살 같은 기
세로
　혼탁 속으로 떨어져 간다"
　나무의 광기
　혼탁한 머릿속으로 떨어지는 무수한 나목

<저자 주>
* 하늘을 향해 미친 듯이 춤추는 나무는 화살 같은 기세로 혼탁 속으로
  떨어져 간다: 하라타미 키(原民喜) 저 『여름의 꽃(夏の花)』(1993년)에서

<옮긴이 주>
* 히로시마(広島): 일본 혼슈(本州) 남서부에 위치한 현. 메이지(明治)시
  대 이후 해군의 군사시설이 주로 자리 잡아 군수산업 중심의 공업이
  발전했으나 제2차 세계대전 말기 미군의 폭격과 원자폭탄 투하로 큰
  타격을 입었다.

영혼 짜기

유월의 수목, 나무는 여신
옷을 만들기 위해 나무껍질을 벗긴다
다 벗기지 않는 것이 아이누의 문화
삼분의 일만
나무 남쪽 면의 부드러운 배 부분만
나무는 죽지 않고 계속해서 자란다
먼 미래의 아이를 품은 나무
나무는 전한다
생명이 물처럼 돌고 돈다는 것을
흙의 어둠에 안겨서
아침 냉기에 이파리를 떨고
빛과 물이 서로를 부르며
하늘에 녹색 합창이 울려 퍼지게 한다
저승과 이승을 잇는 강에서
야광충처럼
눈부시게 빛나는 것
가는 것 돌아오는 것

1669년(간분 9년)
아이누 민족은 운명을 걸고 싸웠다
샤쿠샤인 무리들을
마쓰마에 번의 병사가
화해의 술자리에서 무참히 죽였을 때
일본인들은
마음속의 무언가도 무참히 죽이기 시작했다

명품 브랜드의 신품 와이셔츠
가격하락을 우려하여
쓰레기 하치장에 산처럼 쌓아놓았다
질식한 물고기의 주둥이 같은 셔츠 깃
비닐 속에서 무명천이 뒤틀린다

신(가무이)에게서 도망치고
나무에서도 멀어져
갈기갈기 찢긴 실
비틀어진 실로 영혼을 짠다

일그러진 천을 하늘에 쬐면

영혼들의 고통인 듯

갈라진 틈이 빛난다

〈저자 주〉
* 다 벗기지 않는 것이 아이누의 문화: 후지무라 히사카즈(藤村久和) 저
  『아이누, 신들과 사는 사람들』(1985년)에서.
* 화해의 술자리에서 무참히 죽였을 때: 니시우라 히로키(西浦玄己), 『아
  이누, 지금』(1984년)에서.

〈옮긴이 주〉
* 간분(寬文): 일본 연호 중 하나. 1667년부터 1672년까지의 기간을 이름.
* 아이누 민족: 일본의 홋카이도(北海道)와 러시아의 사할린 등지에 분포
  하는 소수 민족이다. 아이누란 아이누어로 '인간'을 의미하는 말인데,
  그 이전까지 혼슈(本州)의 일본인들은 이들을 이민족이라는 차별의 의
  미를 담아 '에조(蝦夷)'라고 불렀다. 19세기 후반 메이지 정부가 들어
  서면서 '아이누 민족'이란 말이 공식 명칭으로 자리 잡았다.
* 샤쿠샤인의 전투: 일본 에도(江戸) 시대의 아이누 민족은 다섯 개의 부
  족으로 나뉘어져 있었는데 그 중 샤쿠샤인 부족의 세력이 가장 강했
  다. 어업권을 둘러싸고 본토인에 대한 불만이 거세진 1669년 족장 샤
  쿠샤인을 중심으로 아이누가 봉기하였다. 이는 막부가 출병하는 큰 전
  투로 발전했으며 결국 아이누족이 패했다. 이 패배로 인해 아이누족은
  반노예화의 길을 걷게 되었다.
* 마쓰마에 번(松前藩): 일본 에도 시대 홋카이도 남부에 있던 번.
* 가무이: 신을 뜻하는 아이누어.

영혼의 다이버

인간의 해저로 뛰어든다
입 벌린 진주조개 같은 영혼을 찾는다
조개 몸속의 이상분비물
물의 요정에게 보호를 받아
비틀린 빛을 발하는
하얀 살의 부드러움을 닮았고
태곳적 어둠의 기생충을 핵으로 삼아
허무의 모래알을 핵으로 삼아
바다에 녹아든 죽음을
죽은 것들의 생각을
휘감고
하나의 생을 향해
부풀어 오르는
겨자씨만 한 단 하나의

영혼의 다이버
가장 깊은 해저에
가장 아름다운 조개가 숨겨져 있다

언어로
서로의 껍데기를 열 때까지
고통의 기나긴 잠수
지구의 산소가 없어질 때까지
세상의 영혼과 영혼이 서로 만날 수 있을까
가장 깊게 상처 입은 자의 영혼을
숨이 차오를 때까지 찾으리라
그곳에 낯설지만 신비한 광채가 있으므로

지구는
우주라는 바다에 있는 단 하나의 영혼
우주의 이상분비물
푸른 진주
그 새로운 광채를
찾고 있는 사람이
아득하게 서 있다

제3부 답신

천 개의 씨앗

풍선에 꽃씨를 매달아
천 명의 아이들이
일제히 하늘로 띄운
텔레비전 방송의 한 장면
하늘의 끝없는 강에
꿈의 연어가 갓 낳은 알이 흘러넘치고
생명의 고동이 내비친다
기류에 떠밀리며
구름 팔레트에
빛나는 색깔들이 흩날리며 미래를 점묘한다
천 개의 영혼이 풀려 자유롭게 논다

풍선 폭탄 나비 지뢰
지구를 몇 번이나 파괴한 원자폭탄과 수소폭탄
원자폭탄과 수소폭탄을 계산하려 진화한 컴퓨터
컴퓨터는 희망에 접속할 수 있을까?
빛의 통신이 놀랍도록 빨라도
어둠의 중얼거림을 알아듣지 못한다

메마른 지구의 한구석에도

증오가 들러붙은 땅에도

꽃향기를 보내고 싶은 천 개 소망의 씨앗

쉬 빛을 잃는 생명의 근원적 염원이

끊임없이 싹을 틔우도록 높이높이 흩어지기를

약지

목통(木通)이란 으름덩굴 줄기의 이름
나무와 통하는
으름덩굴이 내 안으로 들어온다
나는 으름덩굴의 줄기가 되고
고여 있던 물이 흘러내린다
녹색 물관이 몸 한가운데서 되살아난다

사람은 자신의 환부에
약을 바르거나 개어 먹는 데 쓰는 손가락을 가지고 있다
으름덩굴 질경이 도라지 인삼……
이런 약초들을 말리고 썰고 달여서
천천히 섞는 손가락
무명지라고도 부른다

손가락 속에서 소용돌이치는 정신의 난류와 한류
해협의 소용돌이처럼
바다까지 휩쓸려서
내던져지다가 허공을 붙잡아

약을 찾는다

가장 감각이 예민한 손끝
이미 일본 지배의 그림자가 짙어갈 무렵
약지를 자른 안중근의 왼손
잘려 나간 손가락에 민족의 염원을 담아
태극기며 책이며 수기며 보는 사람에게 찍은
검은 손도장

남산식물원 옆 안중근 의사 기념관
누군가가 바친 묵직한 꽃다발
의사
두 민족 사이에서 그 말은 무겁게 울리고
보이지 않던 손가락은
포플러 나뭇가지처럼 자라나
뭔가를 희구하며 지금도 바람에 흔들리며

안중근이 손가락을 자른 1909년부터 약 백 년

21세기 초

시간은 땅에 스며들어

휘도는 물이 되었건만

일본의 물관은

기억의 뿌리로 빨아올리고 있는가

세계지도 위에서

약지 잃은 손이 이리저리 뒤섞인다

부드러운 무명지가 불타 문드러져

나무도 말라죽은 땅을 뒹군다

<저자 주>
* 약지를 자른 안중근의 왼손: 1909년 1월 안중근은 엄인섭, 황병길을
  비롯한 12명의 동지와 함께 단지회(斷指會), 일명 단지 동맹(同盟)이라
  는 비밀결사를 조직했다. 안중근과 엄인섭은 조선 침략의 원흉이자 초
  대 한국통감인 이토 히로부미(伊藤博文)의 암살을 계획했는데 왼손 약
  지를 절단하여 그 피로 태극기에 대한독립이라고 쓰면서 맹세했다. 그
  해 10월에 안중근은 하얼빈에서 이토 히로부미를 권총으로 저격하여
  암살하였다(나카노 야스오(中野泰雄) 저 『안중근(安重根)』, 1984년).

<옮긴이 주>
* 물관: 식물의 뿌리에서 흡수된 물과 양분이 이동하는 통로.

유월의 젖바람

유월의 젖바람
　　　바람 바람
생명이 자라는 간지러운 향기
미지근한 우윳빛 바람
목을 떨며 흐르는 말의 강은
모음의 역사에서 바람을 일으킵니다
시대의 격류에 부딪히는 비명
무수히 튀어 오르는 물방울들이 허공을 두드리는 소리
무지개다리보다 더 많은 목소리의 다리

유월의 젖바람
　　　바람 바람
한국어 모음이 나타냅니다
대지에서 태어나
하늘을 우러르며
인간이 서 있는 모습을
이 세상에 음과 양의 세계가 있는 것을
　　　번쩍 번쩍

(크고 어두운 별이 번쩍번쩍)

　　　반짝 반짝

(작고 밝은 별이 반짝반짝)

유월의 젖바람

　　　바람 바람

한국어의 모음에는 열 명의 어머니가 있습니다

큰소리로 웃는 어머니

멀리서 이름을 부르는 어머니

이를 악무는 어머니

목청껏 통곡하는 어머니

화나서 소리치는 어머니

자장가를 부르는 어머니

(서로 부둥켜안은 열한 쌍의

소리의 어머니들이 있습니다)

소리와 소리 사이에 있는 것은

다 끌어안지 못할 슬픔입니다

유월의 젖바람

    바람 바람

어머니들은 말할 수 없는 일이 하도 많아서

빼앗긴 말이 있어서

생각은 유방처럼 예민하게 부풀어 오릅니다

물릴 수 없는 젖이 돌로 굳어집니다

유선(乳腺)은 지구를 둘러싸는 강물

밤하늘을 흐르는 강 은하수(Milky Way)로 이어집니다

어둠 한가운데를 뒤적여 살아 있는 것 모두에게

빛과 젖이 주어지도록

유월의 젖바람

    바람 바람

유월의 신부(June bride)

빼앗긴 신부 살해당한 신랑 죽은 아이

호수 바닥에서 탄광에서 전쟁터에서 피폭된 땅에서

갓난아이였던 모든 존재의 입술에

생명의 저 너머에서 바람이 붑니다

한 줄기 꿈을 품도록

암글자

한 세상에서
허용되지 않은 목소리가
새로운 글자를 낳았다

'우(宇)'주(宙)를 무너뜨리고
빛을 활처럼 구부려서
하늘의 큰 지붕을
불어서 날려 한 점 티끌로 만들어서라도
말하고 싶었던 은밀한 신음소리
꼭 들려주고 싶어서
귀 모양을 한 일본 글씨 가나의 '우(う)'자여
'평안(安)히'라고
알아듣게 말했는데도
여자는 어느새 문자 그대로 소용돌이가 되어
회오리바람 한복판에서
'아(あ)'의 긴소리가 들린다
도구로써(以) 생활하고 옷(衣)을 입고
사람으로 있음'이(い)' 다른 무엇'에(え)' 비할 바 없을

만큼 좋은
　풀길을 헤쳐 밟으며
　이 세상에서(於)
　놀라움의 '오(お)' 소리를 내고
　발칙함을 잃지 않고
　낭창하게 풀어졌다가는
　거세게 풍경을 흔들며
　살아남은 일본의 히라가나

　중국에도 존재했던 암글자
　천 년을 전해 내려와
　계승자는 한 사람이 된다

　글자를 땔감처럼
　여자들은 다발로 묶었다
　술렁거리는 나뭇가지 끝
　흙과 물과 눈물로 거칠어진 손으로
　시의 바구니를 엮어
　감정의 불을 지폈다

의미가 여물어 터져서

애타게 서로 팔을 뻗고

불의 혀가 글자를 하늘까지 날려 보냈다

불은 돌고 돌아

여자들의 마음이 조금씩 따스해졌다

여자가 죽으면

글자도 매장되었다

수많은 글자가

세상의 땅 속에서

낯선 시의 형태로 누워 있다

<옮긴이 주>
* 암글자: 일본 문자 중 하나인 히라가나(平仮名)를 가리키는 말이며, 여
  자 글자라고도 한다. 고대의 여성 문인들이 히라가나로 시나 글을 쓴
  데서 유래했다.
* 우(宇): 히라가나 う(우)는 한자 宇에서 따 왔다.
* 안(安): 히라가나 あ(아)는 한자 安에서 따 왔다.
* 이(以): 히라가나 い(이)는 '~로써'를 뜻하는 한자 以에서 따 왔다.
* 의(依): 히라가나 え(에)는 한자 依에서 따 왔다.
* 어(於): 히라가나 お(오)는 '~에서'를 뜻하는 한자 於에서 따 왔다.

말(馬)

말(言) 속에
말(馬)이 살고 있다
땅에서 싹튼
무수한 음성의 풀을 먹고
태어난 순간
너에게서 너에게로
시공과
나를 둘러싸고
달릴 운명
불모의 사막에서도
문명의 짐에 허덕이며
말(言)의 똥을
뚝뚝 떨구어
내일의 거름으로 삼는다
따뜻한 암흑은
영원한 물음의 눈길
밤색 털의 오로라와
죽음이 근육을 빛나게 한다

가느다란 다리가 튕겨내는
흙탕물 자국만 보인다
길게 뻗은 갈기가
별똥별처럼 멀다

한 마리만의 경주
말(言)을 있는 대로
하나도 남김없이 내기에 건다
자잘한 꿈과 속셈
오늘이든 어제든 내일이든
냄비든 주전자든 전자레인지든
별이든 미납통지서든 러브레터든
그렇게 맛보는 거다
터무니없이 어긋난 쾌락
터무니없는 패자의 역설
그렇게 해서 시(詩)의 낙첨 마권을
안주머니에 모은다
덧없는 삶의 발자취를 거듭하며

사과 인간

내 필명 사가와의 발음은
한국어 낱말
'사과'와 비슷하다
어쩌면
'아아, 사과 씨'라고
생각할지도 모르지만
사과 인간이었다면
좋았을 텐데 라는 데까지 생각이 이어진다
아버지의 고향 야마가타현은
버찌의 명산지
그 근처 아오모리현은
사과의 명산지
인연이 있다

하루에 한 개씩 먹으면 장수한다는 사과
비틀즈 레코드의 사과
여자에게 지혜를 준 사과
조금 시큼한 인생의 맛도

와삭와삭

과즙을 물보라처럼

거품을 내며 먹는다

조금씩 베어 먹으면 이도 튼튼해진다는 사과

일본의 과거를 접할 때마다

한국인들의 마음속 심지가 날카로워진다

그럴 때

국적 없는 사과 인간이라면 좋을 텐데 라고 생각한다

한글의 '사과'는 '사죄'와 똑같은 글자

사죄를 요구당하는 나

역사를 돌아보면

피가 맺힌다

사과 인간도 되지 못하고

붉은 동그라미 속의 일본 사람인 나

<옮긴이 주>
* 야마가타현(山形縣): 일본 혼슈(本州) 북부의 동해 연안에 있는 지역.
* 아오모리현(青森縣): 일본 혼슈(本州) 북쪽 끝에 있는 지역.
* 비틀즈 레코드의 사과: 비틀즈 멤버들이 설립한 음반회사 애플레코드
  는 자사를 상징하는 마크로서 레코드판 중앙에 사과 그림을 넣었다.

검은 무지개

무지개는 몸 반절을 땅속에 감추고 있다
감추고 있는 반원의 세계 속
결실과 무자비의 무게가
무지개를 아름답게 휘게 한다

무지개는 힘들게 활모양으로 휘었다
어쩔 수 없이 땅으로 돌아가는 물방울에 지나지 않는
데도
아름답게 보이기가 부끄러워
천국과 나락의 틈새에 끼인 몸처럼

무지개는 맞서 싸울 생각이
양쪽 끝에서 밀려 올라왔다
모순의 궤적이다
두 마리 뱀이 서로를 잡아먹는 것처럼

무지개는 영원한 질문의 캐치볼
답은 더욱 먼 물음을 추구할 것이다

계속 던지고 던져야만
무지개는 존재한다

무지개는 수평이 되려다
실패한 다리다
솟아오르는 생각을 억누르지 못한다
사람은 높은 곳에서 미끄러진다

부모를 한꺼번에 잃은 아이가
검은 무지개를 그렸을 때
검은 모습으로 전락한 자신
또 하나의 무지개 색을 알았다
그래도 무지개 모양을 그렸던 기억이
하늘에 압정을 박았다
허무함을 떨쳐 내듯이
하늘에서 빛났다
생의 마지막 한 방울까지 빛나게 하려고

뎖음

아직 딱딱한 감을 베어 무니
입 안에서 제지하는 조그만 손이 수없이 펴진다
혀의 꽃봉오리 언덕에 서리가 내린다
'떫어'
아이들이 친구들과 따 왔다
공원 한구석에 있는 감나무
고사리 같은 주먹으로 강편치를 날려
쓴 맛도 내력도 사라진 과실밖에 모른다는 감각으로
야생의 가는 다리가 달려간다
목숨을 비틀어 딸 수는 없다며
전해져 내려오는 방법

아침 홍차를 엎지르듯 무차별 공중 폭격으로
팔이 비틀린 아이는
상처에서 인간의 떫은맛을 쏟아낸다
아드리아 해의 두텁고 긴 혀가 오그라든다
변명거리인 달을 토막 내어 떨어뜨려도
옅어지지 않는 어둠의 농도

떫어서 마비된 입은
비틀린 생명의 말을 응축시킨다
떫은 타닌은
짐승의 가죽을 부드럽게 한다
(우리의 짐승보다 잔혹한 성질도 길들여질까)
블루블랙잉크도 된다
(괴로움과 성숙을 잉태한 말을 쓸 수 있을까)
지혈제도 된다
(멎을 줄 모르는 세계의 피)
방부제로도 쓰이고
(부패도 느끼지 못하는 요즈음)

분명 시 한 편은
세상의 떫은맛을 접했을 때 써진다
과육의 미래가 들여다보이는 좋은 맛까지
아직 풍요롭게 열매 맺을 수 없는 세상
성숙하지 못한 채로 무너져가는 시대

달콤해질 수 없었던 젊은 목숨의

괴로운 말이 혀에 잠긴다

<옮긴이 주>
* 아드리아해(Sea of Adria/Adriatic Sea): 지중해 북부 이탈리아 반도와
  발칸 반도 사이에 있는 바다.
* 타닌(tannin): 아주 떫은맛을 내는 페놀성 고분자 화합물(폴리페놀)의
  총칭. 원래는 동물의 껍질을 가죽으로 만들 때 쓰이는 물질을 지칭하
  는 말이었다. 감, 밤, 도토리, 차 등에 많이 함유되어 있다.

산호의 밤

바람을 들이마시자
세계가 몸속으로 흘러들어왔다
바람을 내뱉자
바다와 나무가 나를 씻겨 주었다

바람을 준
산호의 납골당은 무너지고
붉은 꽃잎의 심실은 찢어져

망망대해에 쏟아져 내리는 빛을 날실로
피비린내 나는 기나긴 밤을 씨실로 삼아 엮은
남빛 원단의 깊이에
부뚜막·미닫이문·개구리·새들의
삶의 모양을 살린 류큐가스리 같은
생명의 끈에
빽빽이 들어선 묘지

오키나와 '평화의 초석'에 아로새겨진

일본 15년 전쟁에서

오키나와현 출신 희생자 약 15만 명

당시 4명에 1명꼴로 희생

전쟁 후 일본의 미군 전용시설 중 75퍼센트가 오키나
와에 지어지고

오키나와가 일본 본토로 복귀한 후 미군·군무원이 일
으킨 범죄가 4천 7백 건

사건사고를 포함하면 3만 건 이상

1995년 9월 미군 병사의 소녀폭행사건은

8만 5천 명의 항의집회로 발전

언제나 희생되는 것은

붉은 산호색 입술의 앳된 소녀들

바다의 하얀 목걸이가 잡아 뜯기듯

오키나와는 아시아 대륙과 일본 사이의 금빛 끈이었는데

'류큐왕국은 남해 천혜의 지역에 자리 잡아

조선의 풍부한 문화를 한데 모으고

중국과는 위턱과 아래턱처럼 밀접한 관계에 있고
일본과는 이와 잇몸처럼 친밀한 관계를 갖고 있다'
　　　　　('반코쿠신료(万国津梁)의 종' 1458년 수리왕
부 작성. 종에 새겨진 글에서 발췌)

그 일본에 복귀했건만……
어머니와 아우가 일본군에 살해당한
사탕수수밭 아주머니가
물끄러미 바라보는 곳은 일본 본토

아름다운 섬들을 탐하기만 하는
어리석은 나의 입에도
머나먼 산호의 숨결이 휘감아온다
아득한 산호의 배가 오간다
상처 같은 항적을 새기며
등지느러미 가시의 밤을 싣고서

<저자 주: 참고문헌>
　아라시로 도시아키(新城俊昭) 저『류큐・오키나와 역사』(2001년)
　사와치 히사에(澤地久枝) 저『류큐 직물기행(琉球布紀行)』(2000년)

<옮긴이 주>
* 류큐가스리(琉球絣): 오키나와 특산 직물. 미리 부분적으로 색을 넣은 실로 천을 짜서 붓으로 살짝 스친 듯한 무늬를 만든다.
* 오키나와(沖繩): 북태평양 난세이(南西)제도 남부, 일본 류큐(琉球)제도에 있는 섬. 17세기까지 류큐왕국으로 불렸던 오키나와는 중세 조선과 중국, 일본, 동남아시아 간의 무역중계지로서 번영을 누리며 독자적인 문화를 유지해 온 독립국가였다. 1609년 일본은 사쓰마(薩摩) 번을 통해 류큐를 정복했으며 1879년 메이지(明治)정부는 오키나와라는 이름으로 일본에 편입시켰다. 제2차 세계대전 당시인 1945년 4월 1일 미군이 처음 상륙하여 그해 6월 점령할 때까지 미국과 일본이 치열하게 교전한 곳으로, 이후 27년간 미군의 군정 통치를 받았다. 1950년 미국은 류큐제도에 자치권을 주고 1953년 류큐제도 북부만을 일본에 반환하였다가 1972년 모두 반환하였다. 미국은 일본과의 협정에 따라 항공교통의 요충지인 이 섬의 남부에 가데나(嘉手納) 항공기지 등 대규모 군사시설을 갖추어놓고 계속 주둔하고 있다.
* 수리왕부(首里王府): 고대 류큐 왕국의 통치 기구. 국왕과 그를 보좌하는 섭정(攝政), 장관직에 해당하는 3명의 삼사관(三司官)으로 이루어졌다.

플리마켓

한 장의 파란 티셔츠 위에
두 개의 물줄기가 서서히 서로를 적시고
서로 다른 삶의 체형이 살짝 어긋나게 겹쳐지면서
전에 입었던 사람의
생활의 향기가 풍긴다
몸의 차이가
자신의 몸을 돋보이게 한다
자기만의 물건이 아니다
타인에게서 이어받은 물건
플리마켓에서 산 티셔츠

요코하마 국제종합경기장에서
월드컵 사전 행사 중 하나인
대규모 플리마켓에
딸과 함께 갔다
물건이 만남을 만드니
  (녹아드는 마음처럼
    흘러나오는 물건)

사람과 사람이 만나
  (시장에서 조금 떨어진 장소에서)
세상에서 조금 벗어나 자신의 값을 매겨보기를

축구는 몰라도
일본이 지면
묘하게 침울해진다
  (침울해진 것을
    보는 장소는 아직 있다
    분열한 나는 아직 있다
    일본인인 나와
    그것을 다른 지점에서 바라보는 나)

새 물건을 뜯어보던 기억과
시대를 간직한 보물이나 잡동사니 따위를
늘어놓는다
나, 우리나라, 세계
세 가지 옷을 어긋나게 입고 싶은 오늘

가전제품

장마철에 접어들자 물건이 하나 둘 고장 나기 시작했다
냉장고 컴퓨터 팩스 건조기 전기밥솥
하지만 사실은
물건보다 먼저 사람이 고장이 났다
가족들의 조바심이 물건에 퍼부어진다
엄마의 의무를 줄곧 게을리 한 탓에
비판의 집중포화
가전제품의 역사는
엄마를 불필요하게 만드는 역사라고 생각했지만
그렇지도 않은 것 같다
마음 부분부분에 엄마의 부분부분이 필요한 걸까
마음(心)은 본디 제각기 흩어진 글자모양

언어는 부서질 때
불꽃처럼 아름답게 생동한다
하지만 사실
언어는 부서지지 않는다
계속 내리는 부드럽고 강고한 비처럼

부서진 말과
부서지지 않는 말 사이에 시가 있다
말이 가전제품이 되어
컴퓨터에 늘어서 있다
배후에서
언어의 두툼한 살이 떨리고 있다

답신

나는 쓰다 만 답신
7월의 식탁보에 쏟아지는 햇살에게
멀리서 불어오는 바람이 실어 온 새의 지저귐에게
많은 생물들이 보내준 생명의 불에게
진흙 속 피투성이로 죽은 병사의 신음에게
지중해에서 시작된 영원한 물음에게
중국의 산속에 사는 현자가 그린 꿈에게
아침의 빵을 부풀게 하는 생명의 씨앗에게
나를 끌어안은 다정한 손에게

지구는 우주의 빛을 받으며
답신을 계속한다
지축은 생사에 민감하여
희로애락을 둘러싸고
묵묵히 기도하는 자세로 몸을 기울인 채
몸속을 새파랗게 떨면서
우주 깊은 곳에 발신할 말을 찾는다

자신이 참가했던 전쟁이 보낸 답신
1991년의 걸프전쟁이 보낸 답신
이라크에서 열화우라늄에 의한
소아백혈병 암 환자가 급증
전쟁에서 복귀한 미군 병사 부부에게도 내장이 변형된
아기
삼 개월 후에 사망
이어서 둘째 아이도 세 시간 후에 사망

그로부터 십이 년 후
이라크 전쟁에서 희생자가 계속 늘고 있다
결혼식장까지 공중폭격을 퍼부어 한꺼번에 마흔 명 이
상 사망
미군과 영국군은 약 오백 톤의 열화우라늄탄을 퍼부었
다고 한다

그로부터……

이 세계를

믿고 태어난 생명의

어린아이의 첫 울음소리에

이것이 세계의 답신

이것이 나의 답신

나는 쓰다 만 답신

　　계속 써내려 갈 답신

<저자 주>
* 열화우라늄에 대해서는 미쇼 히로미(御主博実)·이시카와 이쓰코(石川
逸子) 저 『나는 작은 재가 되어……』(2004년)를 참고했다.

제4부 꽃누르미

꽃누르미

어린 살갗이 부자연스레 달라붙은 듯한 꽃잎
겹겹이 쌓인 꽃잎이 바람을 머금고 있다
겹쳐진 사이로 바늘구멍만 한 길이 들여다보인다

수꽃술은 사랑에 도취되어 실어(失語)를 바치고
암꽃술은 죽은 아이를 잉태하여 홀쭉하게 물크러지고

여름 거뭇한 꽃누르미가 세상의 빛을 빨아들인 채
죽음의 입맞춤
불에 타서 문드러진 목구멍은 오래도록
불의 원죄에 환시된 하얀 꽃

시간이 번지는 것이
시간이 마르는 것과 동시에 일어나
암꽃술이 전한 한마디에 고독한 꽃가루는 온몸을 떤다

꽃누르미는
누름돌과 밀어내는 꽃의 긴장 속에서 새로이 피어난다

짓눌러 오는 문자를 끊임없이 삼켜

모든 문자를 무효로 만들고

물을 끊임없이 주어

모든 문자를 소생시킨다

그 순간

나는 포개진 오십음자의 한 글자이고

숨겨진 주어이며

낡고 새로운 한 권의 책이다

꽃잎을 떼어내면 다시 비명을 지르고

맑은 진액의 흔적이 사유의 문처럼 남는다

<옮긴이 주>

* 오십음자: 일본어 문자인 가나의 발음을 오십음이라 칭한다. 실제로는
  46개나 5가지 모음과 10가지 자음의 조합으로 이루어졌기에 관행적
  으로 이렇게 부른다.

산호

햇살의 끄트러기가
산호의 목덜미에서 흘러
백골에 지금도 선명한 피

우리는 강장동물
양식을 입으로 넣고 입에서 꺼낸다
입구만 있다
소화(消化)라는 오랜 바람도
죽음에서 승화한 오래된 노래도 사라져
단세포생물처럼 반응한다
쌓여가는 생생한 주검
플랑크톤보다 덧없는 영혼이 떠돈다

야마토에 오키나와의 산호보다 퇴화한
강장동물 군락이 있다
오로지 입으로 넣고 입에서 꺼내는 언어
입가에 독을 품은 촉수가 꿈틀거린다
출구를 닫고 있는 것은 내벽이다

정체된 흐름에 통로는 죽어간다
우리는
자신의 폐기물을 뒤집어쓰고
멍하니 웃고 있다
허여멀겋게 색이 빠지고
파슬파슬 부서져 흘러내린다

괴로워하는 녹색 문자가 가득 차
소생하여 무수한 가지로 얽힌 바다의 숲
퇴화한 촉수로
저울추처럼 내려가는 언어를 잡을 수 있을까
바다의 파편으로 점철된 이야기에
떨리는 수많은 입술이 용솟음치는 파도를 보낸다

<옮긴이 주>
* 강장동물(腔腸動物): 물에 사는 다세포 무척추동물로 몸속과 입 주위에
많은 표피세포를 가진 촉수가 있다. 산호충, 말미잘, 해파리 등이 이에
속한다.
* 야마토(大和): 일본의 옛 땅 이름으로 지금의 나라현(奈良県)을 말한다.

기억의 뿌리

기억이 물을 빨아들이는 것은
가장 부드럽고 섬세한 뿌리털부터
배내털처럼 씻겨서

통각신경이
땅속에서 저녁놀을 지운다

뿌리는 땅과 다투는 이방인
어린아이들이 맨손으로
바위를 무너뜨린다
뾰족한 모서리의 관(冠)은
연이어 벗겨져 떨어지고
완전히 새로운 물음을 담은 글이 태어난다

세월을 관통하는 것은
막대 같은 줄기가 아니라
보드라운 뿌리털이다
인간의 부끄러운 털과 같은 것으로서

야수의 때 묻지 않은 흔적과
곧추선 불가사의한 두 발 사이에 있고
사실은 그런 부끄러움의 감수성도 희미해져
공동(空洞)을 감추고 있을 뿐이다

땅에 겹겹이 쌓인 이야기 조각에
귀 기울이는 뿌리
지하의 깊이가
지상의 우듬지만큼 높아진다
부딪히고 기어 다니며
촉각으로 땅의 크기를 확인하여
높은 곳을 향한 갈망이
깊은 곳에 다다랐지만
지표 근처에서
이리저리 계속해서 뒤얽힌다

수수께끼

포도 얼룩 같은
수수께끼의 언어
언어의 과육이 반투명하게 흔들린다
낱알 속의 많은 어미씨
씨는 언제나 수수께끼

만나고 싶은 것은 수수께끼의 언어
심장으로 되돌아오는 정맥 속의
어느새 세상의 미로를
돌아오는 삶의
깊은 오점으로부터 떠오르는 언어
답을 숨기고 동맥으로 되돌린다
아득한 시그널

혈관의 숲에
굶주린 채 버려진 어린아이는
어슴푸레한 별만큼 알아보기 어려운 쌀알만을
길잡이 삼아 먼 집을 찾는다

집은 멀리 멀리
쌀 한 톨 한 톨은
사람 숲의 어둠과 고갈을
비추듯이 흩어진다

석류 열매와 같이
아직 세상은 핏빛 수수께끼로 빽빽이 들어차
포충망을 피해 도망쳐 다니는 반딧불이 같은 빛
기둥이 허물어지는지
알이 깨지는지
금이 가는 세상의
미로를 더듬는 언어
인간의 앎이란
아직 고양이 수염보다도 짧다

<옮긴이 주>
* 어미씨: 원종(原種). 어떤 품종에 대하여 본래의 성질을 가진 종자.

히로시마의 눈

<등에 달린 눈으로 보다>
아버지의 등에 달린 눈은
1945년 7월 센다이 공습 때
등에 파고든 작은 유리 파편
빼내지 못한 채 사십 년이 지났다
센다이는 육군시설이 있던 곳
불타버린 들판만 남은 도쿄로 가서 허기를 참으며
가정용 빵 굽는 솥 같은 전기기구를 만들기 시작했고
얼마 후 대형 프레스 기계의 설계도를 그렸고
<등에 달린 눈으로 보지 않게 된 건 언제부터일까?>
마지막에는 원자력발전소의 작업용 로봇 개발
대기업 하청 일로
목숨이 닳고 닳아 암 말기였다
화장터에서 등에 달린 눈도 연기로 사라졌다
유리파편은 눈물처럼 녹고
<인간이 언제까지나 등에 달린 눈으로 보기는 어렵다
폐허야말로 진짜 모습임을 잘 안다는 것은>

<히로시마의 눈으로 세상을 봐>
중동에서 소리가 들린다
열화우라늄이 몸속에서 검게 빛나는 소녀

이라크 사람들이 전쟁 중에 히로시마라고 말한다
유일한 일본어를 고통의 세계 공통어인 양

한국의 피폭자가 히로시마라고 말한다
몸속의 상처 같은 일본어를 국가 공용어처럼

산산조각 난 빛을 모은다
뿔뿔이 흩어진 눈을 짜 맞춘다
가늠할 수 없이 깊은 호수처럼
수도 없이 히로시마의 눈을 소생시키기 위해

<옮긴이 주>
* 센다이 공습: 태평양전쟁 말기인 1945년 7월 10일 미군이 미야기현 센다이시(宮城県仙台市) 중심부에 가한 폭격.

두부 왕래

비지를 걸러
다시 태어나는 것처럼
뭉실뭉실
두유의 김을 내뿜어
바다의 씁쓸함을 빨아들이고
물을 헤엄쳐
처음 뺨을 비비는 듯
살며시 손에 쥔다
흰 살결의 흔들림
노예가 되어
잘리어 먹혀버리려나

중국에서 전해진 두부
중국의 마파두부도
조선의 두부찌개도 조금 맵다
맥없이 무너진다
인간의 육체 같은
붉은 국물이 스며든다

할머니 할아버지들의
역사의 고난도 맵다
일본의 담백한 혀는
매운맛을 음미하기 어려운 걸까

목이 아파도 잘 넘어간다
병든 세상에 바라는 바는
나라와 나라를
왕래하는
두부처럼
부드럽고 깊은 맛이 우러나는
말과 행동

아시아의 아이들
— 2008년 5월 중국 쓰촨 대지진

5월의 바람을 들이마시고
뭉그러진 가슴
새로운 두 개의 문 모양을 뒤에 남기고

아시아의 아이들은
갈라진 땅의 언어로
흘러넘친 강의 모음(母音)으로
빼앗긴 마을의 목소리로
잔해에 사람의 문자를 새겨왔다

동쪽과 서쪽에 걸린 현수교를
시대의 짐을 짊어지고
격렬하게 흔들리며 건너왔다
골짜기 아래 깊이를 음미하며
산 정상의 높은 곳을 향해

복숭아가 된 아이들
새가 된 아이들

땅속의 목숨이
이곳에 울리는 심장 박동과
앞으로 태어날 목구멍과 이어져
언어가 계속된다

시체를 감싼 천과 닮은
꽃잎이 갑작스러운 추위에 떤다
시(詩)의 나라의
한 사람 한 사람의 죽음은
시 속에서 사람들의 가슴속에서
5월에 다시금 향내가 난다

<옮긴이 주>
* 쓰촨 대지진(四川大地震): 2008년 5월 12일 중국 쓰촨성(四川省)에서
  발생한 진도 8.0의 큰 지진을 말한다. 사망자 약 6만 9,000명, 부상자
  약 37만 4,000명, 행방불명자 약 1만 8,000명 등의 피해를 입었다. 특
  히 학교 건물이 붕괴하여 수많은 학생과 교사가 사망했다.

체온

한신 아와지 대지진 사망자 명단 속에서
우리 아이들과 똑같은 이름을 보았다

똑같은 이름이
아이가 죽은 밤을 체온으로 전해준다
매일 밤 나란히 이불을 깔고
끌어안고 잤어요
그 어머니의 말에 죽음이 피부에 와 닿는다
어떤 갓난아기의 첫울음 소리, 어떤 미소
어떤 무릎의 상처, 어떤 햇살 내음 나는 머리카락
아무도 없는 이불의 얼음벌판 같은 시트

처음으로 접한 죽음은
차가워진 할아버지의 발
문지르고 또 문질러도
따뜻해지지 않는 발
체온은 손가락 사이로
속수무책으로 달아났다

영혼이 증발하듯이

똑같은 이름이
죽음의 투망에서
간신히 벗어난 생의 위태로움
죽음을 금세 잊어버리는
우리의 마음을 일깨운다

죽은 이가 남긴 것과
산 자들의
온기로
길러진 삶

기도하며 맞잡은 손은
죽음을 문지른다
죽은 이가 주는
온기를
조금이라도 손바닥에 받기 위해

죽은 이의 체온을
마음속에 되살리기 위해

<옮긴이 주>
* 한신 아와지 대지진: 1995년 1월 17일 오사카(大阪)와 효고현(兵庫県)
  주변을 일컫는 한신(阪神) 지역에서 발생한 대지진. 효고현 아와지 섬
  (淡路島) 북쪽을 진원으로 발생한 진도 7.2의 지진으로 인해 6,300여
  명이 사망했다.
* 투망(投網): 물고기를 잡으려고 물에 던져 넣는 그물.

셀러리의 별칭

줄기 밑 부분은 작은 엉덩이처럼 둥그스름하고
다섯 형제 옹기종기 모여 앉아
그리스 신전의 둥근 기둥처럼
똑바로 태양을 향해 뻗어 올린 팔에
초록빛 새가 무리지어 모여들어
요란하게 지저귀고
담황빛 육체 속
가늘디가는 비췻빛 강
향내 나는 생의 원리

셀러리의 별칭
기요마사 인삼
인삼이긴 했을까?
인삼은 아니지만
가토 기요마사가
도요토미 히데요시의 조선출병 때
씨앗 하나를 가지고 온 데서 유래한다

조선의 왕자 둘을 사로잡고서
조선의 귀신이라며 두려워하던 기요마사 병사들을
격퇴한 조선 의병을
기념하여 세운
'북관대첩비'

그것을 다시 일본군 장병이
러일전쟁이 한창이던 1905년
조선을 '보호국'으로 만든 그 해에 가져와서
야스쿠니 신사 한구석에 백 년이나 내팽개쳐 두었다

서양의 이름으로 뒤덮인
일본 역사의 쓰디쓴 맛을 아삭아삭 씹어먹는다

<옮긴이 주>
* 가토 기요마사(加藤淸正, 1562~1611): 일본의 무장. 임진왜란이 일어나
  자 함경도 방면으로 출병했다. 조선의 왕자 임해군과 순화군을 포로로
  잡았다.
* 도요토미 히데요시(豊臣秀吉, 1536~1598): 일본의 무장, 정치가. 주군
  이던 오다 노부나가(織田信長, 1534~1582)의 뒤를 이어 일본 통일을
  이룩했으며 임진왜란을 일으켰다.
* 북관대첩비(北關大捷碑): 함경북도 북평사 직을 맡고 있던 정문부(鄭文
  孚, 1565~1624) 장군이 임진왜란 당시 의병을 모아 가토 기요마사가
  이끄는 왜군을 무찌른 전공을 소상히 기록한 전승비. 1905년 러일 전
  쟁 중에 일본군이 약탈해 야스쿠니 신사에 방치하였으나 한일 간 합
  의를 거쳐 2006년 반환받았다. 현재 원래 비가 있던 함경북도 김책시
  에 복구해 놓았으며 경복궁에 복제비가 전시되어 있다.

스팸메일

소금에 절여진 혀가 죽음을 핥는다
꽉 쥔 복숭아의 솜털
발정난 통조림에 꾸역꾸역 채워 넣은 분홍빛 주검

빈 깡통 샤미센
둘로 잘린 아리랑
통조림 스팸 샌드위치 사이에
끼인 지구의 동체
눈앞에 스팸메일이 어린다
시대의 식도(食道)
일본에선 오키나와에 집중된 통조림 스팸 소비
제2차 세계대전 한국전쟁 베트남전쟁
전쟁 시의 비상 분쇄육 식품
무슨 고기를 어느 부위를 저민 걸까
미군기지 근처에 괌 하와이
한국의 부대찌개 속에
진절머리 나는 전쟁의 맛
그런 까닭으로 귀찮은 메일의 이름이 되었다

요즘은 염분을 줄여 한층 맛있어진 스팸
한층 맛있어진 전쟁

나도 보낼 테다
스팸메일을
누군지 모르는 사람에게
불쾌하기 이를 데 없는 사람에게
끝내 이름조차 알지 못할 사람에게
바로 스팸메일을 보내버릴 테다
인간의 어떤 본질이 선명하게 어린 메일을
대량으로 받아 보겠지
진절머리 나는 군용식품의
참을 수 없는 질문 같은 메일을

<옮긴이 주>
* 샤미센(三味線): 현이 세 줄인 일본의 대표적인 현악기.

해녀

해녀
격음(激音)의 바다를 거침없이 헤쳐 나가는 넓적다리
젖가슴에서 떨어지는 빛의 물방울
해녀가 딴 해초는 무언가를 주장하는 강인함을 지녔다
해녀
원모음(原母音)처럼 입을 벌리고 기다리는 아이들
둥근 엉덩이처럼 완만한 만(灣)에 밀물이 차고
저 세상을 엿보는 듯한 김 말리는 그물발

시간의 수심을 내려가
지구와 이어진 생명줄을 따라
기쁨의 고갱이를 찾으러
한사람 분의 숨을 들이마시고
숨의 근원에서 자신과 마주한다
바다의 매끄러움에 등이 휘어지고
투명한 비단을 끝없이 휘날리며
빗장으로 바위에서 언어를 떼어낸다
딱딱한 문맥 속에서

가장 부드러운 것이 빛난다

부드러운 언어 속에서

변치 않는 한 가닥 항적을 찾아낸다

생의 양식을, 자유의 양식을 바다에서 얻어온

제주도 해녀, 이세시마의 해녀

여러 개의 얼굴을 가진 바다

여러 개의 자궁을 숨긴 바다

무수한 상처가 교차하는 바다

바다 해구(海溝)가 다시 거칠어지지 않게 해달라고 여
신에게 기도한다

손가락 사이로 노래가 헤엄치는 지느러미가 생기게 해
달라고

홍수와 사막의 거리에서 기도한다

<옮긴이 주>
* 격음: 한국어의 ㅊ, ㅋ, ㅌ, ㅍ과 같이 거센 폐쇄음이 섞인 자음. 유기
  음(有氣音), 거센소리라고도 한다. 일본어에는 없는 한국어의 특징.
* 빗장: 해녀들이 바다에서 전복이나 조개를 딸 때 쓰는 칼.
* 이세시마(伊勢志摩): 일본 미에현(三重県) 남동부에 있는 지역.

비의 손가락

폭풍우 속 폐허가 된 마을에서
피아노 건반처럼
묘비가 연달아 쓰러져서 흘러와
억수 같은 비의 손가락이
랩소디 연주를 멈출 줄 모른다
깊이 뚫린 땅만이 귀를 기울이고 있다

스타벅스 커피 한 잔이 향을 풍기는 거리
삶을 위협하는 것이
땅속에서 메아리쳐 오지만
여전히
작은 묘비 같은 휴대전화에 빨려든다
할아버지 대부터 마을을 버린 집안의 여인
묘비에 새겨진 집안의 이름
집안이란 무덤을 말하는가
그 무게가 싫어서
삼나무 뿌리보다 강고히 휘감긴 집안의 뿌리를 자르고
부풀어 오른 벼의 몸통을 벴지만

지금 콸콸 소리를 내며 흘러가는 것
쓸려가 버린 논
황금의 별이 흔들리고
나쁜 벌레에 구석구석까지 붙들려서
환상과 악몽의 유백색 바다를
방황하던 할머니의 의식

비의 손가락이 연주하는 재즈
증권회사 빌딩에, 공원의 미끄럼틀에
아파트 옥상에, 주유소에
빵집 처마 끝에, 편의점 유리창에 부딪힌다
깊고 깊게 파인 맨홀들이 듣고 있다

조영

겨자씨만 한 꿈이 혀를 차며 거품을 낸다
껌 냄새가 숨을 거둔다
새하얀 시대가 위를 걸쭉하게 통과한다
덧없는 페스티벌도 끝나
한적해진 거리
휑하게 빈 은행 같은 육체
나란 인간은 위장만 꿈틀거리는가
이렇듯 어둠 속의 리듬
뇌 주름의 전말
위 주름의 근본
호른 같은 삶의 연주도 잦아지고
그림자 악보
오히려 언어에 그림자를 드리우는 것
언어에 여러 각도에서 그림자를 만드는 것
오른쪽으로 향해 주세요
젊은 엑스레이 기사의 음성이 유리창 너머로

들어오는 세상의 염증

내부의 짓무름

위 속의 토할 듯한 가스가

벽이 찢어질 정도로

파탄한 재정처럼 계속 부풀지만

토할 수 없다

풍선처럼 가볍게 떠올라

터지는 순간이 점점 가까워져도

토할 수 없다

차가운 금속판 위에서 결박당한 모습이지만

금색 솜털이 엮이는 손가락의

예수의 말에서도 쫓겨나

180도 회전해

머리부터 바닥으로 떨어질 뿐

<옮긴이 주>
* 조영(造影): 조영제(造影劑)에서 따온 말로서 본디 단독으로는 잘 쓰지
않는 단어이다. 조영제란 방사선 의료 진단 시 사진이 선명하게 나오
도록 체내에 주입하는 약물을 가리킨다.

빛의 도시

　빛의 본질은 굴절이다. 물에 안길 때에도 멈춰서면 안 된다. 직진의 욕망을 누르고 빛의 손가락은 천 속 실낱들의 차이도 놓치지 않는다. 언어가 여기서 저기로 들어가는 모퉁이. 꽃에 발이 걸리고 강에 반사되고 혀 위에서 일그러진다.

　부러진 날개가 소복이 쌓여 생긴 빛의 도시. 칠흑도 성운(星雲) 상태로 수상한 빛을 낳는다. 착란에 착란을 거듭한 골목길 미로에서 왜곡에 왜곡이 이어진 하늘까지 끝없이 두드리는 듯한 왕래. 불에 구운 뱀이 넘실대는 소망의 통로.

　빛으로 전해지는 말은 가장 늦게 도착한다. 항상 후회와 함께 나중에야 간신히 도달하는 빛. 이제는 사라지고 없는 별의 잔상이 반짝이듯이.

　감기지 않는 눈, 빛의 도시. 서서히 상(像)을 맺는 힘이 약해지고, 새하얀 나비만 보인다. 엄청난 수의 나비만을 보기 위해 존재하는 말라빠진 눈. 나비들은 잘게 찢긴 나의 파편이다. 파편들은 이미 초점을 잃었으리. 그 쾌락과 맹목으로 인해 감는 것도 용납되지 않는 눈, 빛의 도시.

<옮긴이 주>
* 빛의 도시: 빛의 도시 도쿄(光都東京) LIGHTOPIA. 일본의 일루미네이션 행사 중 하나.

거룩한 도시

거룩한 도시에는 오늘도 피가 군침처럼 흐른다. 구더기보다 교활한 욕망이 작은 기름 덩어리로 뭉치고, 수정처럼 맑다고 믿은 언어가 작열하는 땅에 얼음 칼을 내리꽂고 순식간에 증발한다. 이 충혈(充血)이야말로 이곳이 거룩한 도시인 이유이다.

거룩한 도시는 거주지역 불균형이 심해 실크 커튼으로 칸막이가 쳐져 있다. 고작 벌레의 배설물인지 생식액인지 모를 물질로 성기게 엮인 커튼이지만 어느새 두툼한 바람이 썩은 채 감겨들어 벽이 되어 초등학교를 정확히 두 동강이 낸다. 약간의 음 차이에 지나지 않는 단어를 가위처럼 복창한다.

거룩한 도시의 거주지 중 하나는 밀가루 낱알만 한 요정들이 숨죽이고 집에 틀어박혀 폭풍과 탄식 같은 날갯짓을 반복한다. 다른 하나는 쓰레기로 메워진 섬만 한 크기인데 촘촘히 깔린 쓰레기를 느긋하게 파내면 아래쪽으로 꾸준한 섭취와 배설을 끊임없이 추구하는 시민을 만

날 수 있다. 마지막으로 넓은 고지대에는 극소수의 사람들이 오로지 줄넘기를 하며 산다. 새끼줄 모양으로 국제적 거래를 하고 새끼줄의 높이로 저녁 메뉴를 정하고 하루가 끝날 때면 목에다 새끼줄을 몇 겹이고 휘감아 당긴다.

거룩한 도시의 물의 기도, 불의 기도, 모래의 기도가 뒤섞여 분수처럼 근원을 하나로 모으면서 불온하게 나누어 허공에서 격렬한 물방울이 튄다. 수천 년의 견고한 이야기에 비하면 늘 맨 처음 글자에 불과하고, 양털보다 부드러운 논리에 비해 컴퓨터의 감정은 애가 탄다. 시대의 짓무른 내장, 나의 분열되고 기형적인 심장 그 자체인 거룩한 도시.

티끌

이미 티끌이 되고 빛에 분해되어
내가 걷고 있는 건지 풍경이 걸어가는 건지
그래도 나라는 의식이 있는 건지
누군가의 폐로 들어가 간신히 소리를 찢어발기고
아니면 누군가에게 흡입되어 말을 멀리 흩뜨린다
환시통(幻視痛) 진작 없어졌는데
마치 있는 듯이 앓고 있는 '나'라는 환시통
누군가의 다리이고 손끝인 나
마지막에 입에 넣은 자두의 옅은 녹색에
붉은 반점이 있는 피막을 찢는 감각만이 남아
반점이 있는 어린 엉덩이를 거듭 이빨로 파고들어 모
반이 짓이겨져
씨가 되어 구른다
자신이 보이지 않는 벌을 받은 몸
거울도 없고 타인도 없다
피가 맺히고 너덜너덜하게 불에 탄 피부
탄소가 된 것이 끝도 없이 포개어져 있다
나무인가 인간인가

빛으로 분해한다 분해된다

109빌딩이 새로운 돔처럼

은색으로 반짝반짝 빛나고

투명한 다리뼈가 엮여 있다

성흔(聖痕)이나 주문처럼 웅크린 말

아니 저건 모스크, 황야의 모스크, 무릎 꿇는 곳

서쪽의 소리가 태어난 곳, 동쪽의 소리를 재생하는 곳

기도는 검과 함께 탑에

쌍둥이 빌딩 동쪽과 서쪽에

펼쳐진 페이지에 금속의 직선이 표시를 한다

꿈의 파편이 눈처럼 쏟아지고 있다

계절도 착각하여

신음하는 기도의 첫 육성

티끌이 되어 걷는다

티끌의 풍경이 걸어온다

<옮긴이 주>
* 109빌딩: 시부야109. 일본 시부야(渋谷)에 위치한 대형 쇼핑몰.
* 모스크(mosque): 이슬람교 사원. 아랍어로는 마스지드(masjid), 한국어
  로는 성원(聖院)이라 한다.

그릇

가득 채워서 깊어지는
물의 고요
물속의 가지가
하나씩 뻗어간다
발끝이 닿는 바닥의 밝음

물속의 신경이 귀를 쫑긋 세우고
구석구석까지 퍼져가는 감각
고요를 입술처럼 포개어
온도를 전한다

우리는 밤에만 물을 마실 수 있다
규칙을 깨듯이 물을 마시는 미래의 기억
목마름은 사소한 광기이다

어둠 속 하늘에서 떨어지는 것을
받아드는 양손
그 미적지근하고 그리운 내음

감은 눈꺼풀에 닿는 것

비가 아니라 피를 마시고 있다

세상의 체액이 지닌 씁쓸함

어제는 나무의 물을 마시더니

오늘은 풀의 물을 말려버린다

오늘의 기도를 위해 깍지 낀 손가락이

내일은 아름답게 타락한 빙산이 된다

늘 칼날을 감추고 빛나는 결정과

무녀져 가는 흐름 사이

한 방울의 억 년

물·얼음·영원

끝없이 방황하는 한 점의 존재, 녹았다가 형체를 이루고

육체라는 그릇 속에 가득 차

순환함으로써 그릇을 깊게 하는 액체

<옮긴이 주>
* 물·얼음·영원: 한자로는 점 하나씩이 차례로 덧붙여지는 水·氷·永이다.

히아신스

히아신스 뿌리가

지금부터 쓰게 될

하얀 시의 행처럼 여러 줄기로 뻗어 온다

자신을 지탱하고 자신을 비워서

부드럽고 싱싱하게

무언가를 갈구하는 가느다란 손가락들

추위를 거치지 않으면 꽃을 피우지 못하고

물마저 나뉘어 들어와 그림자의 물을 빨아들이려 하고

교신과 욕망을 둘러치고

투명한 화분에 길이 막혀서

상념은 겹겹이 물 밑에서 소용돌이친다

푸른 별 모양이 숨 막힐 듯 떼를 지어

팽창하는 우주

무수히 많은 작은 끈의 뿌리로 가득 차

뒤틀리고 겹치고 고리가 되고

휘감기고 일그러지고 엉클어지고

흔들리는 끈의 근원이 있다고 한다

그리스 신화에서는

사랑하는 사람이 흘린 많은 양의 피에서

태어난 히아신스

오늘의 새하얀 꽃을 피운다

빛에 탄 꽃, 약탈당하는 꽃

피에서 태어났어도 푸르게 피어나

빛에서 태어났어도 보랏빛으로 피어나

꽃봉오리인 채 맞이하는 죽음

수축해서

농도를 높이는 것

육방의 빛으로 쪼개지면서

자신의 심지로 심지로

피어가는 것

<옮긴이 주>
* 육방(六方) : 동서남북과 천(天), 지(地)의 여섯 방향.

라이먼 알파 숲

우주의 별들의 숲
보이지 않는 언어가 불꽃을 피워 올린다
언어가 되기 전의 감각이 예민한 알몸의 싹
암흑에서 태어난 원시은하 원시동사(原始動詞)
밧줄처럼 춤추는 나무, 수소의 자궁
튕길 수 있는 시간의 현

내 몸속 라이먼 알파 숲
겨우 입구만 찾아낸 숲
생과 사가 뒤틀리는 새하얀 바람
별들의 숲과 땅의 숲과 한 사람의 숲과
오고가는 물의 정기

정교한 로봇에도
무기로 만들어진 로봇에도
관능을 담고 싶은 건
뒤엉킨 올가미 밧줄

라이먼 알파의 침묵과
공명하는 것은 죽은 자의 속삭임
신은 동사다 끝없는 움직임 그 자체가 신성한 것
팽창하고 응축하며 만족을 모르는 변화라는 벌과 은총
명사는 언제나 일시적 모습

α β γ δ
감마선이 꿰뚫은 게 별자리
델타의 깊이, 만조의 인력은 소리의 끝자락까지

알파, 언제나 미지인 천부(天賦)의 우주
천공에 뿌려지는 인간의 폐기물
첨부(添付)된 인간, 송수신 에러 신호가 깜빡이고
이름을 붙이지 않으면 보존할 수 없는 것
이름에서 비어져 나오는 알파

<옮긴이 주>

* 라이먼 알파 숲(Lyman-alpha forest): 먼 은하나 퀘이사가 방출하는 전자기파의 파장은 본디 연속한 스펙트럼으로 표시된다. 이 중 일부를 다른 물질이 흡수할 경우 해당 파장대에는 검은 선이 나타난다. 중성 수소 원자가 121.6nm(나노미터) 파장대의 자외선을 흡수하여 생긴 검은 선들의 모임을 라이먼 알파 숲이라 한다. 은하들의 사이에 성간물질인 수소 기체가 다량으로 존재함을 보이는 증거이다. 은하간 수소 구름의 밀도를 측정하는 데 주로 쓰이며 우주론 연구에서도 중요한 고려 조건 중 하나이다.
* 천부(天賦), 첨부(添付): 이 두 단어의 일본어 발음은 같은 '덴푸'이다.

상처와 언어

나는 상처로 이루어져 있다

광섬유처럼 내지르는 상처 다발에

거품 이는 바람이 오로라 소매를 펄럭인다

대지가 몇 개의 1자로 쩍 갈라져

0자 모양으로 부풀어 오른다

내부에 딱지 앉은 아스팔트가 펼쳐진다

물의 신경은 쇠약해지고

땅의 근육은 마비된다

바람에 목이 메어 연신 기침을 한다

벼는 고통에 몸을 비튼다

바닥에 상처가 쌓여만 간다

백 년이나 지난 상처도 아직 갈라진 곳을 봉합할 수

없다

십 년을 하루로 만드는 고속의 기술

일 초 동안 만 년이 휙 지나간다

상처는 글로 적는다

돌의 상처 종이의 상처
문자는 상처이므로
상처 입은 존재는 글로 쓰기 시작한다
그 자체의 언어로
풀의 언어로 물고기의 언어로
검은 대지에, 하얀 화면에
씨앗이자 칼날인 언어로

공허한 암호에서 시작되어
공허한 암호로 돌아가는 중

'아름답다'라는 말이 내려온다
은하가 잊어버린 별비처럼
인간이 내뱉고 인간을 초월해 가는 말
상처가 새로운 언어를 잉태하여
양수 속에서 흔들린다

시원(始原)

빛의 손에 벌거벗겨진 언어

물의 손에 벌거벗겨진 언어

언제나 그곳으로 돌려보내진다

돌아가기 위해

귀의 나선형 계단을 치달아 오르던 물이

가슴에 흘러넘쳐 밤의 바닥을 울린다

수도는 잠겨 있는데 계속 잠겨 있는데

수도꼭지에서 나오는 것은

거꾸로 매달린 종뿐

우레 같은 해명을 가둔 종뿐

흘러드는 소리가

문자를 밀어내고

아름다운 모래 그림도 그리운 향이 나는 나무도

지워버리는 물결이

집들이 뿔뿔이 흩어진 해초 부스러기에

우리들에게 밀어닥치는 우리들의 그림자

겨우겨우 찢어진 악보에 붙들려 있는 것에

지나지 않는 삶의

누군가 부르는 소프라노 합창
하지만
무엇을 잊고 있었던가
히로시마의 목구멍이
그 격한 갈증이
아니라고, 어디로 가버렸다고
그곳이 아니라고
소리도 나지 않는 목소리가
시간을 바람처럼 단번에 되돌려
물속의
겹쳐진 장딴지가 비쳐 보이고
영원히 은빛으로 얼어붙은 물고기처럼

이 세상의 더러움을 뒤집어쓰고
무너져 내리는 언어
드러나 보이는 언어
언어의 원시적인 힘에 거세게 흔들려
멀리 내던져지고

깊이 추락해서
탄생하는 언어

구름 자국

불길한 구름의 긴 혀가

마을을 갈라놓고

그리운 얼굴이 아픔이 되어

스며드는 적막 속

몇 번이고 삶의 흔적을 온기로 녹일 것처럼

양 팔 벌리는 햇살

작은 호수를 가득 채운 소의 눈빛도

하나 둘 꺼지고

새 소리에서도

어긋난 음계가 들린다

묵직한 통증처럼 모든 것에 금이 가고

컵을 가르는 균열이

마실 때마다 목구멍에 하얀 지도를 그린다

거꾸로 태어난 아이는 떨리는 엉덩이로 미래를 향해
역주한다

인적 없는 집에 무성한 풀은

오염된 땅에서 허공을 맴돈다

질문하듯 도시 방향으로 쭉 뻗는다

끊임없이 혀로 물을 적셔야 했던
그림자를 끌어안았을 세월이
녹아내려
바닥까지 떨어져 한껏 웅크린 그림자에
물을 자꾸 끼얹어서
바늘 뭉치 같은 물로 씻어내야만 하는
우리의
폭발한 욕망 내부의
놀랄 만큼 연약한 골격이 드러나고
허깨비 같은 설계도가 커다란 손에 찢겨
흘러넘치면서 결여되었던 언어
숟가락도 진흙투성이가 되어 해초가 휘감고
생명의 천년, 깊은 악취가 인간의 뇌를 찌른다

반복

나무 위에 하나 남은 함박조개는 땅울림 바다울림을
그치고
아직 이름도 기록되지 않은 묘비에 붙은 꽃잎

열도의 몸 구석구석에 박힌 원전
인적 없는 토지에 소P떼u가 내달린다
전파와 방사능이 토지의 언어를 산산조각 내어
화U기S난다
은C폐s에1날3조7
멍I청1이3들1

세습이 내리는 환영의 도시 공허한 센터
일본의 진정한 얼굴은 빈농의 얼굴이다
가볍게 늘어뜨린
사각 체크무늬의 서쪽과 동쪽에 격자무늬가 있는
테이블보를 걷어내면
황폐한 밭의 버려진 시
거머리의 문장이 자신의 꼬리를 빨고 있다

아시아의 밭에 두개골을 처박고 죽은 할아버지를
쏙 빼닮은 손자 하청업체 사원이 특공대원인 양
방사능에 잠식당해가며 원전 사고 처리를 한다
아프리카계 미국인이
오키나와 사람이
집 없는 사람이
직장 없는 사람이 여태껏 피폭당하면서
지켜온 도시의 삶

퇴로도 생명도 없는 패전이라는 반복
열선에 덴 목구멍은 다시 부어올라
일본어의 어린 세포가 상처를 받는다

<저자 주>
*Pu=플루토늄, U=우라늄, Sr=스트론튬, Cs=세슘, I=아이오딘(요오드).

암흑

암흑 컴컴

땅의 태(胎)를 긁어내고 충혈된 눈 짓무르고

부글부글 뽀글뽀글

물에 마을이 잠기고 푸른 귀 자르고

반짝반짝 빤짝빤짝

바람에 바늘이 흩날려 복숭아의 내장을 상처 입힌다

빼앗지 않고서는

얻을 길 없는 빛

이카루스처럼 추락해야 할 높이

불에 탄 날개는 인적 없는 정원에 피는 꽃잎

거대한 빌딩 숲은 복사용지처럼 가볍다

늘 폐허의 이미지가 겹쳐지는 세기의 시작

마을의 밤에 두터운 안개가 내리고

땅을 파헤치는 짐승의 울부짖는 소리가 들리고

숲은 뿔뿔이 흩어진 봄의 기억을 빨아들여 새긴다

사람보다도 가느다란 나뭇결 몇 백 년의 몸속에

불길한 기호를 기록한다

땅을 상처 내며 태어난 빛은
이국의 목숨까지 쥐어짜낸 빛은
섬의 심장을 비추지 않는다
꿈속의 손발도 비추지 않는다
충돌하는 고속도로가 머릿속을 어지럽게 돌아다닌다
본 적 없는 죽음이 발밑을 흔든다

'원자력 햇빛' 속에서 살아서
한꺼번에 바닥이 꺼진다
바닥으로 쑤셔박힌 사람들, 목숨들이
폭발한다 쇠사슬이 녹아
사나운 분노가 뿜어져 나온다

암흑이다 실은
거대한 짐승의 위 속, 정교한 관 속
자신의 공허함이 큰 파도처럼 밀어닥친다

열도에 구멍이 뚫려 삶을 잃어버린 많은 사람들

잃어버린 것에 아직 손이 닿지 않는다

지금 암흑 속에서 자신을 확인하고 있으리라

언어를 겨우 기억해낸 것처럼

잃어버린 땅의 언어가 헤드라이트처럼 빛난다

우리들 인생의 윤곽을 드러내면서

<저자 주>

* 원자력 햇빛: 연합국 총사령부(GHQ) 민정국장 코트니 휘트니(Courtney
  Whitney, 1897~1969)가 1946년 2월 일본 헌법 개정 회의에 참석했을
  때의 일화이다. 그가 제출한 GHQ 헌법 초안을 일본 정부 측이 읽는
  동안 그는 "원자력 햇빛 속에서 일광욕을 하고 있었다"라고 말했다고
  한다(마크 게인(Mark Gayn) 저 『일본 일기(Japan Diary)』에서 참조).

용의 발톱

용과는 초록 발톱을 내민다
대지의 배꼽인 깨알이 하얀 과육에 뿌려져
비를 부르는 몇 조(兆)의 비늘이 번쩍이고
보이지 않는 어금니가 구름을 달린다

인간에게 아직 남아 있을까
자신에게 전율하고 자신을 뛰어넘는 초록색 용의 상상
력이

코끼리귀물고기는 벌써 들었겠지
오염된 바다의 술렁임이 반복해서 밀려드는 소리를

포도밭 아래
겹겹이 쌓인 마을 사람들의 죽음이 있다
와인보다 깊게 피는 흘렀다
벌꿀색 손바닥에 무엇을 건네려 하는가

일본 후쿠시마에서 원자력발전소를 처음 가동한 1971년

베트남에서는 미군의 무차별폭격이 벌어지고 있었다
그보다 삼십 년 전 일본은 프랑스와
베트남 영유권을 다투고 있었다

후쿠시마 원자력발전소 사고 이후에도
일본 정부와 전력회사와 대기업은
베트남에 위험한 '실험로'를 팔아
일본의 세금을 쏟아부으려 한다

사막 속에서 용의 혼인 붉은 과일이 뿌려진다
과실의 씨앗은 화살의 공기에 관통되어
대지의 전언(傳言)을 바꾸어버리리라

우리가 일본에서 이야기할 것은 무엇일까
거짓 공영도 아니고
초고속철도의 용도 아닌
사람이 떠나버린 텅 빈 고향땅에 관한 것
말라 죽은 용에 관한 것

163

용을 탄생시킨 초록의 상상력을 회복하는 것

<옮긴이 주>
* 용과(龍果, dragon fruit): 멕시코 원산 선인장에서 열리는 열대과일. 여의주를 문 용의 모양을 닮았다 하여 이런 이름이 붙었다. 피타야(pitaya)라고도 한다.
* 후쿠시마(福島): 일본 혼슈 후쿠시마현(福島県). 2011년 3월 11일 발생한 동일본 대지진으로 원자력발전소 방사능 누출 사고가 일어났다.

생명의 눈금

입술의 소금 결정은
영원히 녹지 않는 기점
그날의 바다 우렛소리를 사방에 울리고

해저의 피아노는 연주해다오 영혼의 선율을
인간이 과도한 문명으로부터 졸업하는 곡을

세포의, 생의 전언을 파괴하는
죽음의 핵분열 연쇄반응을 중지하지 않으면
빛의 칼날을 장사지낼 무덤도 없는데

사회의 계측기가 망가졌습니다
생명의 눈금이 없었습니다
인류의 0이 생명의 0이
가까워지고 있는데도
온갖 생명을
국적이 다른 생명을
다루면서 동등하게 계산하는 값이 없었습니다

생명의 척도는 직선이 아닙니다
상수리나무 잎의 타원형의 척도
달팽이의 나선형 타이머
잠자리 날개의 자
별의 광년의 시계
빙산 온도계

새로운 생명의 눈금을 마련하지 않으면
새에게 물고기에게 소에게
히로시마 나가사키의 아이들에게
후쿠시마의 아이들에게
십만 년 후 미래의 지구에게 물어
스스로 줄곧 바라보고 줄곧 생각하는 눈금
죽어가는 작은 새처럼 위기 신호음은 계속해서 울리는데
날카로운 각도와 둥그스름한 눈금을
살기 위한 눈금을
구해야 하리

바닥의 언어

우리의 언어는
가장 밑바닥의 언어가 지탱해 준다
컵라면 용기 바닥에 찍힌
군데군데 지워진 글자처럼
노예선 바닥에
꾹꾹 눌러 쓴 리듬처럼
이제는 어느 국적인지도 모르는
나라에서도
국어에서도 버려진
'칫'이나 '윽' 밖에는
소리가 나오지 않았을 곳에

우리의 언어는
가장 높은 언어에 매달려 있다
직립할 수 있었던 이유와 마찬가지로
우주의 보이지 않는 점과 선으로
또 하나의 우주에서
나무 위 가냘픈 가지가 내민 손에

기묘한 과실처럼 매달려
나라도
국어도 넘어
단지 언어의 그림자를 쫓는다

우리의 언어는
지상 1.5미터께에 있었을 텐데
이제는 그곳에 없다
하류에 날려 와 쌓인다
녹아내리는 국어
황급히 굳어가는 국어
거짓 보도 속에 우리의 삶은 있는가
나라를 위한 봉사 속에 우리의 삶은 있는가
바닥과 꼭대기는 지구와 함께 회전하는가
바닥에서 살아 숨 쉬는 고동(鼓動)이 우주에 울려 퍼진다

이곳에 사는 사람들

바닷가는 달의 가장자리처럼 닳아서
바닷물이 빠져나가면
이야기가 적힌 조개 조각들이 쌓인다

이 섬들의 나라에 사는
어린 싹에게 자라나는 나무에게
한결같이 물이 주어지도록
한줄기 물 안에
수많은 강이 섞이고
바다가 물보라 쳐서
대양처럼 마음이 넓어지도록

물방울 한 알의 그 둥근 어깨에
하얀 날개가 내려앉고
옷고름이 바람을 보여주며
민족 전통과 새로운 길을 잇는다
일신을 위협하는 표적이 아니라
아침이면 날아오르는 날개가 되도록

다시는 빼앗지 않도록
네 혀가 욕구하는 말에 생기를 불어넣도록
내 목이 쓰러뜨리는 바람을 토하지 않도록
형형색색의 단어의 세포로 차오르도록
언어로부터 자유로운 말이 달려나가도록

우리는 짓밟은 별의 뼈를 찾아내
흩어진 음계, 그림자의 샘을
비춰야 하리
새까맣게 타서 갈라진 나무를
신록의 부드러움으로 촉촉하게 적셔주어야 하리
강을 풍성하고 평온한 그 몸 그대로 온전하게 지키며
이곳 동아시아 땅에서 살기 위하여

꽃은 시간의 손바닥을 펼친다

꽃의 부드러운 몸에는
시간의 어둠과 빛이 새겨져 있다
목을 길게 빼고
그리운 쪽을 바라본다

꽃의 발밑을 지나간 흙탕물 줄기
밤의 살갗을 몇 겹이나 벗겨내고
아침 바다를 휘젓고
푸른 젖이 흐르는
손톱을 물들인 봉선화 꽃잎은
이국의 땅까지 끌려가
첫눈은 군화에 짓밟혔다

꽃은 시간의 손바닥을 펼치려 한다
손에 짙게 밴 피비린내
일본인인 우리의 죄가
붉은 물시계 속으로 언제까지고 떨어져 내린다
풀리지 않는 시간은

얼음처럼 단단한 채이지만
일본의 동북지방 재난 희생자에게 바친 기도는
하늘 높이 퍼진다

빛 쪽으로 향하는 것
빛에 둘러싸여야 하는 것
그 고통의 언어는
새로 돋아난 영혼의 날개를 움직인다

언어의 발바닥

발 크기가 고비사막만 한 언어를
소금쟁이가 물 위에 깨끗하게 정서를 한다

걸어 다니는 언어는 어디서 왔을까?
왼쪽의 이삭과 오른쪽 돛을 번갈아
혀의 날개와 공중의 돌을 토대로
멈추는 목의 떨림
작아지는 입술의 부품

일본어의 발바닥을 들여다보면
환히 빛나는 햇빛뿐 아니라
원한이 남은 몇 줄기의 붉은 강
새파랗게 질린 등고선
이중모음을 뾰족한 석위풀에
꽃의 언어에 시대의 못
달의 달력에 죽은 이의 치아
더 거슬러 올라가면
지족(知足)의 동풍이 이곳저곳 완고한 욕망을 품고 웃는다

마른 잎의 가벼움

규격을 벗어난 과실

갖가지 빛이 뒤얽힌

이 언어로 다시 백 년

세상의 언어의 숲에 도달할 수 있을까

<옮긴이 주>
* 석위(石葦): 고란초과에 속하는 상록 여러해살이풀. 와위(瓦葦)라고도
  한다. 잎은 긴 타원형 또는 피침 모양이고 겉면은 녹색, 뒷면은 누런
  갈색이다. 바위나 오래된 나무껍질에 붙어산다. 한국, 일본, 중국, 타이
  완, 인도차이나 등지에 분포한다.

역사를 통찰하는 궁극적 희망의 송신자

권택명(시인)

1.

첫 시집 『죽은 자를 다시 잉태하는 꿈』에서 『꽃누르미』에 이르기까지, 일관하여 이른바 사회파적 비평의 작품들이지만, 사회의 표피층을 쓰다듬지 않고, 비평의 질을 심화시켜 왔다. 일본의 역사를 직시하고 동아시아 여러 나라에 대한 고찰을 심화하면서, 역사의 밑바닥을 길어 올리는 시를 써왔다. 역사의 밑바닥(인간)을 보고, 응시하며, 꿰뚫어보기 위해서다. 『죽은 자를 다시 잉태하는 꿈』은 묘사에서부터 본질로 들어간다. 『꽃누르미』는 바로 직감과 내적인 묘사로부터 들어감으로써, 직감에 의해 본질을 포착한다. 그와 같은 전개다. 『죽은 자를 다시 잉태하는 꿈』은, 『꽃누르미』에 대한 아득히 먼 복선(伏線) 같다. "수꽃술은 사랑에 도취되어 실어(失語)를 바치고/ 암꽃술은 죽은 아이를 잉태하여 홀쪽하게 물크러지고"(「꽃누르미」). 본질의 이미지 전개가 속으로부터 모양을 드러낸다.

시적 논리가 역사의 사실 탐구 논리와 겹친다. 그 예로서, 「산호」를 들 수 있다. 경질(硬質)이고 돌직구이며, 숨김이나 얼버무림이 없다. 난해하지도 않다. 그러나 읽어내는 것은 용이하지 않다. 앞으로 나아갔다고 되돌아오고, 멈춰 서기도 한다. 다시 읽는다. 미래에 대한 삶의 의지, 희망이 있다. 특히 「여기서 사는 사람들」이나 「꽃은 시간의 손바닥을 펼친다」는 사(私)가 없다. 이지적이지만 육체적이기도 하고, 그 언어(노래)는 오페라 가수처럼 체중을 싣고 있다. 『꽃누르미』의 수상은, 일본의 사회 풍조와 시에 대해 한 방을 먹이는 것이다.

사가와 아키(佐川亞紀) 시인이 네 번째 시집인 『꽃누르미』로, 지난해 일본현대시인회 및 시인회의와 더불어 일본을 대표하는 시인 단체인 일본시인클럽에서 수여하는 제46회 일본시인클럽상을 받게 되었을 때, 고다 시로(甲田四郎) 전 일본현대시인회 이사장이 시상식에서 언급한 내용이다. 인용이 다소 길었지만, 사가와 시인의 작품 세계를 가장 적절하고 탁월하게 요약하여 표현하고 있는 것으로 판단되어, 서두에 소개하였다.

특히 사가와 아키 시인의 수상이, 현재 "일본의 사회 풍조에 한 방을 먹이는 것"이라고 한 것은, 사가와 시인의 시작 활동과 위상, 그리고 시 세계를 작금의 일본 내 사회 현상과 연계하여 재치 있게 언급한, 통쾌한 상징적 표현이기도 하다.

2.

우선 이번 시집에 실린 작품 중, 시집 전체의 저류(底流)를 담아내면서, 시인의 세계(대상) 인식과 이를 시로 형상화 하는 정교하면서도 넓은 스펙트럼, 그리고 시어와 기법적 특질까지 잘 포괄하고 있는 대표적 작품을 한 편 들여다보기로 한다.

> 어린 살갗이 부자연스레 달라붙은 듯한 꽃잎/ 겹겹이 쌓인 꽃잎이 바람을 머금고 있다/ 겹쳐진 사이로 바늘구멍만 한 길이 들여다보인다// 수꽃술은 사랑에 도취되어 실어(失語)를 바치고/ 암꽃술은 죽은 아이를 잉태하여 홀쭉하게 물크러지고// 여름의 거뭇한 꽃누르미가 세상의 빛을 빨아들인 채/ 죽음의 입맞춤/ 불에 타서 문드러진 목구멍은 오래도록/ 불의 원죄에 환시된 하얀 꽃/ (중략)// 꽃누르미는 누름돌과 밀어내는 꽃의 긴장 속에서 새로이 피어난다/ 짓눌러 오는 문자를 끊임없이 삼켜/ 모든 문자를 무효로 만들고/ 물을 끊임없이 주어/ 모든 문자를 소생시킨다// 그 순간/ 나는 포개진 오십음자의 한 글자이고/ 숨겨진 주어이며/ 낡고 새로운 한 권의 책이다 //(하략)
>
> ─「꽃누르미」에서

위에 언급한 일본시인클럽상 수상 시집으로, 시인의 네 번째 시집인 『꽃누르미』의 표제작이다. 사가와 시인은, 흔히 현실 참여적이라는 의미를 지닌 '사회파'로 지칭되고 있는 대로,

서사성과 메시지가 강한 작품들을 다수 발표해왔다. 그러나 우선 기본적으로 그의 시는 시의 본령이라고 할 수 있는 서정성을 바탕으로 하면서, 매우 섬세하고 정교한 이미지의 언어로 교직되어 있음을 알게 해준다.

사가와 시인의 시적 발신이 서정과 서사 양면에서 수신자에게 감동을 주고, 시단에서 위상을 인정받는 것은, 그가 개인이나 자국(自國)이라는 시각을 넘어, 동아시아 또는 세계라는 넓은 시야에서 역사의식과 사회 부조리, 그리고 문명과 인간 정신의 황폐화에 대한 경종을 울리고 있다는 메시지적인 측면에서뿐만 아니라, 탄탄한 서정성 위에 자신이 지향하는 시적 구조물들을 견고하게 구축해가는 기법적 측면에서도 탁월함을 드러내기 때문이라는 점을 확인시켜주는 것이다.

「꽃누르미」는 소녀들이 흔히 하는, 종이나 책갈피에 끼워 말린 꽃을 말하는 것인데, 사가와 아키의 여러 작품에서 보이는 것과 같이, 더블 이미지의 언어들로 상징의 진폭이 확대되고 있다. 그가 자주 다루는 제재 중의 하나인, 인류의 대표적 비극으로서의 전쟁, 그 중에서도 제2차 세계대전을 종결시킨 1945년 8월의 히로시마(廣島)와 나가사키(長崎) 원자폭탄 투하와 관련된 작품으로 보인다. 잘 알려진 대로, 인류 최초의 원폭 피폭과 이에 따른 참상은 상상을 초월하는 전대미문의 것이었다. 이 참상의 형상화를 위해, '꽃' '꽃잎' '살갗' '바람' '잉태' '빛' '죽음' '불' '시절(때)' '문자' '물'이라는 시어들이 서로 대칭으로서, 또는 의미의 중층화·복합화를 이루면서 사용되고 있다.

아마도 피폭으로 인해 참혹한 죽음을 맞이한 어느 젊은 부부의 모습을, 구체적인 심상인 「꽃누르미」로 형상화한 것일 터인데, 이렇게 연결하는 발상도 놀랍지만, 그 상황을 "어린 살갗이 부자연스레 달라붙은 듯한 꽃잎/ 겹겹이 쌓인 꽃잎이 바람을 머금고 있다"거나, "꽃누르미는/ 누름돌과 밀어내는 꽃의 긴장 속에서 새로이 피어난다"와 같은 빼어난 이미지와 그 밑바닥에 배어 있는 서정의 본질로 증언함으로써, 비극의 진폭을 확대하고 있는 점이 탁월하다.

원폭의 희생자는 주로 열과 빛에 의해 발생한다고 한다. 만물에게 생명과 희망을 주는 '빛'이 때에 따라서는 생명을 죽이는 살상의 빛이 되고, 따뜻함을 주는 '열(불)'과 생명의 원천인 '물'이 때로는 상처와 소멸의 폭력이 되기는 하는 이 중성이 드러나 있는 것이다.

「꽃누르미」는 '눌러 말린 꽃'과 젊은 피폭자 부부의 죽음을 대비하여 드러낸 것이지만, 또 한 가지 기억해야 할 것은, 이 둘을 대비하고 있는 사가와 시인의 시선이다. 전쟁과 원폭에 의한 살상은 당연히 배제되어야 할 가증스런 폭력이지만, 규모 면에서 비교할 수 있는 대상은 아니라 하더라도, 꽃을 '눌러 말리는' 행위 역시 폭력이라는 점을 잊어서는 안 된다는 진술을 함께 담고 있는 것이다.

새 생명을 잉태한 젊은 부부가 행복하게 사는 것이 자연스런 모습이듯이, 꽃은 원래 자연에서 피어 있는 상태가 가장 자연스러운 것이고, '눌러 말린 꽃'은 실상 꽃의 의사와는 무관한, 인간의 욕망이나 자기중심성과 관련되어 있는 것이라고

할 수 있다. 그래서 시인은 "꽃누르미는/ 누름돌과 밀어내는 꽃의 긴장 속에서 새로이 피어난다"라는 구절을 통해, 작고 연약하지만 눌려진 꽃은 누름(폭력)을 되밀어내려는 저항의 모습을 보이는 것으로 표현하고 있는 것이다.

신혼부부를 포개진 상태로 소사(燒死)하게 한 전쟁과 마찬가지로, 꽃을 눌러 말리는 행위 자체도 폭력(자제되어야 할)이라는 시각이다. 수년 전 아프리카의 가난한 아이들과 여성들을 도와 온 한 유명 탤런트가 쓴 책 제목에 『꽃으로도 때리지 말라』라는 것이 있었지만, 사가와 시인 역시 근원적으로 생명 외경에 대한 매우 섬세하고 온기 어린 사상을 보여주고 있는 것이다.

또한 이 작품에서 사가와 아키 시인이 표현하고 있는 '꽃'이나 '꽃잎'의 개념은, 폭력과 유린이라는 측면에서, 종군위안부 문제를 다룬 작품들인 「꽃은 시간의 손바닥을 펼친다」나 「무화과 꽃」에서 드러내고 있는 것과 본질적으로 동일한 것이다. 아름다움의 절정으로 생각하는 꽃과 잔인함이나 폭력, 그리고 죽음의 이미지와의 맞부딪힘을, 이처럼 담담하지만 강렬한 형상으로 독자들 앞에 제시하는 것이 사가와 시인의 탁월한 수법임을 알 수 있다.

꽃잎이 가장 가녀리면서도 꽃(식물)의 구체적인 실체를 이루는 것처럼, 종군위안부에 대한 인식 또한 폭력에 의해 가장 정직하게 피해를 입을 수밖에 없는 인간의 육체(그것도 연약한 여성에 대해)에 가해진 비인간적인 폭력에 대한, 통렬한 비판 의식의 표현이다. 실존주의에서 「죽음과 비존재」를 인간의 중요한 근원적 가정으로 하듯이, 사가와 시인의 작품에 자주 등장하는 '죽음'이라는 단어도 실존적·역사적 차원의 인식이며, 이는 시인이 실상 역설적으로 회구하는, 그 대극으로서의 '생명(목숨)'과 이어지는 것이기도 한 것이다.

사가와 시인의 작품에, '영혼'이라는 말과 더불어, 육신(몸)과 관계되는 여러 낱말들이 등장하는 것도, 이 폭력성의 문제와 무관하지 않다. 이번 시집에서 우리가 접할 수 있는 단어만 하더라도 심장, 위, 뇌, 혈관, 목, 입술, 팔, 발바닥, 허벅지, 혀, 입, 손, 손톱, 다리, 근육, 신장, 피부(살갗), 피, 목, 입술 등 인간의 육신을 구성하는 거의 모든 요소들이 들어 있다. 체온이나 온기라는 용어도 자주 발견된다.

육신은 인간의 실존이고 실체이며, 인간 존재의 연약함을 대변하는 구체성을 지닌 어휘이기도 하다. 정신과 달리 육신은 눈에 보이고 실체가 있는 것이기에 정직한 것이고, 그래서 일차적으로 고통이나 상처와 맞닿아 있을 수밖에 없는 것이다. 사가와 시인이 역사나 고통, 문명 비평 같은 방대한 관념의 세계를 시적 수렴의 대상으로 하면서도, 구체적인 감수성의 작품으로 독자들에게 발신할 수 있는 것은, 바로 이런 몸의 언어들처럼 구체성 있는 심상들을 통해 전달하기 때문일 것이다.

일전 모 일간지에서 소설가 백가흠이, "시라는 것은 곧 '시인의 몸'이며 시는 마치 시인의 살비듬 같다"고 하면서, "시는 시인의 몸을 둘러싸고 있는 얇고 순정하고 투명한 비늘 같고, 툭툭 털면 떨어져 나오는 것처럼 신비한 것"이라고 표현한 글을 읽은 적이 있는데, 사가와 시인의 시를 통해 그 말을 떠올리게 된다. 정확히 일치하는 비유는 아니더라도, 그만큼 올곧고 투명한 의식 하에서 시작(詩作)을 하고 있다는 점에서, 사가와 시인과 일맥상통함을 느끼게 하기 때문일 것이다.

또 하나, 이 시에서 읽을 수 있는 것은, 사가와 시인의 균형 잡힌 역사 인식이다. 일본에서 히로시마와 나가사키의 원폭 투하를 언급할 경우, 대부분 피폭자인 일본이 입은 피해자로서의 참상만 강조되고, 피폭의 원인에 대해서는 언급하지 않는 경우가 많다는 얘기를 듣는다. 이 시집에 실린 다른 작품들에서 원인 제공자이고 가해자로서의 일본에 대해 직설적으로 표현하고 있는 데 비해, 이 작품에서는 우회적인 방법을 쓰고 있지만, 사가와 시인은 결코 과거의 역사에서 혼자 비켜가려 하지 않는 모습을 보인다.

먼저 원폭과 같은, 죽음과 파괴로 생명을 짓눌러오는(눌러찌부러뜨리는) 문자(언어)를 끊임없이 삼켜 죽음과 파괴의 문자를 무효로 만들고, 소생의 물을 끊임없이 주어서 모든 생명의 문자를 되살리기를 희구한다. 그리고 그럴 때 비로소 시인 자신은 낡았지만 새로운 한 권의 새로운 책(존재)으로 거듭난다고 말한다.

'그 순간/ 나는 포개진 오십음자의 한 글자'라거나, '숨겨진 주어'라는 말은, 전후 세대인 자신(시인)도 히로시마나 나가사키 피폭 당시의 정황과 무관한 존재가 아니며, 한 사람의 일본인 몫의 책임이 있다는 자기 인식으로서, 역사적 균형 감각을 드러내고 있음을 볼 수 있게 한다. 그 근저에는 그와 같은 인식 아래에서, 파괴적이고 살육적이었던 과거에서 벗어나, 소생의 물을 끊임없이 주어 생명을 살리는 쪽으로 노력을 지속할 때, 시인 자신도 국가(일본)도 부(負)의 역사를 지닌 낡았지만 새로운 존재가 될 수 있다는, 예언자적인 메시지가 실려 있음을 알 수 있다.

동시에, '숨겨진 주어'란, 그런 소생의 노력을 지속할 때 시인 자신을 포함한 개인(비록 연약한 존재일지 모르나) 역시, 겉으로 드러나지 않더라도 사실은 새로운 생명을 창조해낸 주역의 한 사람이라는, 전향적(前向的) 이미지를 내포하고 있는 것이기도 하다.

3.

다음으로 이번 시집에 실린 사가와 시인의 한국과의 인연에 대한 작품들 중에서 넉넉하고 아름다운 시적 수사들로 가득한 작품을 한 편 살펴보기로 한다.

유월의 젖바람/ 바람 바람/ 생명이 자라는 간지러운 향기/ 미지근한 우윳빛 바람/ (중략)// 유월의 젖바람 바람 바람/ 한국어 모음이 나타냅니다/ 대지에서 태어나/ 하늘을 우러르며/ 인간이 서 있는 모습을/ 이 세상에 음과 양의 세계가 있는 것을/ 번쩍 번쩍/ (크고 어두운 별이 번쩍번쩍)/ 반짝 반짝/ (작고 밝은 별이 반짝반짝// 유월의 젖바람 / 바람 바람/ 한국어의 모음에는 열 명의 어머니가 있습니다/ 큰소리로 웃는 어머니/ 멀리서 이름을 부르는 어머니/ 이를 악무는 어머니/ 목청껏 통곡하는 어머니/ 화나서 소리치는 어머니/ 자장가를 부르는 어머니/ (서로 부둥켜안은 열한 쌍의/ 소리의 어머니들이 있습니다)/ 소리와 소리 사이에 있는 것은/ 다 끌어안지 못할 슬픔입니다// (중략)// 유월의 젖바람/ 바람 바람/ 유월의 신부(June bride)/ 빼앗긴 신부 살해당한 신랑 죽은 아이/ 호수 바닥에서 탄광에서 전쟁터에서 피폭된 땅에서/ 갓난아이였던 모든 존재의 입술에/ 생명의 저 너머에서 바람이 붑니다/ 한 줄기 꿈을 품도록

ㅡ「유월의 젖바람」에서

이국과의 만남은 문화와의 만남이고 문화와의 만남은 언어와의 만남이다. 요시노 히로시(吉野弘)라는 일본 시인이, 철자가 같은데도 발음의 장단에 따라 의미가 달라지는 한국어의 단어에 주목하여, '눈(雪)은 지상의 것이 궁금하여 내려오는 하늘의 눈(目)'이라는 표현을 한 적이 있지만(사가와 시인도「말(馬)」이라는 시에서 한국어의 '말(言)'과 '말(馬)'을 대비하여 작품을 쓰고 있다), 사가와 시인은 한국어의 모음에 주목한다. 모성(母性)은 곧 생명의 원천이고 생명 그 자체이기에, 위에서 언급한 대로 정직한 존재로서의 인간의 '몸(육신)'을 들여다보고 있는 시인이 발견한 새로운 세계일 것이다. 이 발견 안에는 당연히 한일 간의 과거와 관련된 수난의 대상으로 여성 또는 모성이 거느리고 있는 커다란 그늘이 드리워진 것까

지 포함되어 있다. 역사(과거)를 중요시하고 잊지 않는 시인의 시각이 있기 때문이다.

'천(天)·지(地)·인(人)'의 원리에서부터 '번쩍번쩍'과 '반짝반짝'의 차이를 거쳐, 여섯 가지 어머니의 모습이 가슴 뭉클하게 그려지고 있지만, 시인이 바라보는 한국, 그리고 한국 어머니(여성)들의 원형은 '슬픔'임을 기억한다. 물론 이 시집의 제1부에 실린 '죽은 자를 다시 잉태하는 꿈'을 중심으로 하는 작품들에서 확인할 수 있듯이, 사가와 시인이 보는 여성 또는 모성이 겪는 수난이나 고통은 일본 여성에게도 동일하게 적용되는 것이고, 아마도 전 세계의 여성들이 겪는 상황이기도 할 것이다.

하지만 한국의 유월은 저 동족상잔의 6·25 전쟁까지 상흔을 드리우고 있어서, 더 구체적으로 시인에게 육박한다. 유월이라는 계절은 신부의 대표격인 「유월의 신부(June Bride)」를 떠올리게 하고, 대비되는 상념으로 한국의 여성(신부)들에게 불어닥친 비극의 역사를 기억하게 한다. 이처럼 사가와 시인의 시각은, 비록 그것이 작은 일상의 것이라 할지라도, 일관하여 역사나 인간, 생명과 같은 근원적인 명제와 연계시키고 있음을 알 수 있다.

이를테면 사가와 시인의 곁에는 항상 망원경과 현미경이 갖춰져 있어서, 시를 쓸 때마다 대상과 표현에 대한 수렴과 확산, 미분과 적분을 하도록 해주는 듯한 느낌을 받게 된다. 예컨대 이 시의 원문에서 특별히 한국어로 쓰고 있는 '바람'이라는 단어 역시 더블 이미지를 갖는 것으로, 유월 햇살에

상쾌하게 머리카락을 날리게 하는 긍정과 소망의 바람이면서, 동시에 전쟁과 살육과 죽음을 몰고 오는 광풍이기도 한 것이다. 바람이 '바라다'라는 동사의 명사형이라는 점까지 포함하면 그 함축성은 더 확대되기도 할 것이다.

이 외에도 이번 시집에는 일본의 과거사와 관련된 피해자로서의 한국과 한국인에 대한 다수의 작품은 물론이고, 중국, 베트남, 이라크 등 동아시아와 세계라는 시야에서 바라보는 작품들이 여럿 들어 있다. 이 글의 앞부분 인용에서 고다 시로 시인이 지적한 대로, 사가와 시인은 "역사를 직시하고 동아시아 여러 나라에 대한 고찰을 심화하면서, 역사의 밑바닥을 길어 올리는 시"를 써왔음을 다시 한 번 상기하게 되며, 그것은 역시 고다 시인의 지적처럼, "역사의 밑바닥(인간)을 보고, 응시하며, 꿰뚫어보기 위해서"라고 점을 확인할 수 있다.

「유월」「젖바람」「우윳빛 바람」「모음」「어머니」「유선(乳腺)」「유방(젖가슴)」「은하수」 등의 구체적이고 유사한 모성적 언어들이, 죽음과 비극의 역사들과 그 모든 것들을 끌어안아 온 한국적 모성과 절묘하게 어우러진 작품이다. 그러면서도 시의 마지막을 "갓난아이였던 모든 존재의 입술에/ 생명의 저 너머에서 바람이 붑니다/ 한 줄기 꿈을 품도록"이라는 긍정과 희망의 메시지로 맺고 있음이 또한 든든하다.

고통과 절망 속에서도 궁극적 소망을 찾아내며, 이 지상에서 시대와 인간에 대한 희망의 '송신자(메신저)'로서 존재하려는 시인의 모습을 발견하게 되기 때문이다. 이런 시인의 자세는 앞에 인용한 작품 「꽃누르미」의 첫 연에서, 눌러 말린 꽃잎(죽음)이 겹쳐진 사이로 바늘구멍만한 길이 들여다보인다고 한 시인의 인식과 동일한 것이고, 「영혼의 다이버」, 「답신」 등 거의 모든 그의 시편에서 찾아볼 수 있는 것이기도 하다.

시인은 항상 낮은 곳을 지향하며 고통 받고 상처 받은 자들의 이웃이 되기를 원한다. 시와 예술이 가난이나 고통을 없애주지는 못할지 모르나, 위로할 수는 있을 것이기 때문이다. 고통당하는 자, 슬픔을 당한 자에게 인간의 언어는 매우 제한적인 역할밖에 하지 못할 때가 많다. 그래서 차라리 말없이 가만히 곁에 있어주는 것, 손을 잡고 말없이 함께 눈물을 흘려주는 것이 가장 적절한 위로라는 말도 있다. 하지만 시인의 위로는 입에 발린 말이 아니고, 단순한 연민 이상의 것이며, 진정 내면으로 공감하고 동감하며 동참해주는 언어이기에 위대한 힘을 발휘할 수가 있다. 사가와 시인이 세계(세상)를 향하여 널리 수용되는 시적 발신을 지속해왔고, 앞으로도 계속해야 하는 이유가 여기에 있을 것이다.

또한 사가와 시인이 히로시마나 나가사키의 원폭과 패전으로 끝난 전쟁을 비롯하여, 후쿠시마(福島)의 원전 폭발로 인한 방사능 피해와 오키나와[沖繩: 류큐국(琉球國)], 아이누족 등에 이르는 일본 내의 문제뿐만 아니라, 한국의 식민 지배와 이와 연관된 종군위안부, 재일한국인 등의 문제, 중국의 쓰촨성의 대지진, 이라크와 걸프 전쟁까지 폭넓은 시각에서, 여성이나 어린아이, 소외된 사람과 고통 받는 희생자 등 약자에 대한 관심과 배려를 드러내는 것도 바로 이런 연유에서 일 것이다.

더 크게 말한다면 죽음을 넘어선 생명에 대한 옹호와 사랑이다. 그런 면에서 사가와 시인은 심연과도 같은 인간의 숙명적 행방을 온기 어린 맨손으로 어루만지는 휴머니스트이자 생명의 시인이라 할 만하다. 그러므로 그의 시에서, 확대된 생명 사랑의 개념으로, 환경이나 생태, 지구 차원의 생명이나 생존 문제를 다룬 작품이 많은 것 역시 필연적인 귀결이라고 할 것이다.

4.

이번 시집 전체를 통해 발견할 수 있는 또 하나의 특징은, 사가와 시인이 여러 작품에서 '단어(언어)' 또는 '문자'라는 말을 자주 사용하고 있다는 점이다. 신약성서 「요한복음」 첫 절에 "태초에 말씀이 계시니라"라는 구절이 있지만, 언어는 인간 존재 그 자체이다. 언어의 사용은 인간을 동물과 구별되게 하는 가장 큰 특질이며, '언어는 존재의 집'이라는 말처럼, 존재를 표현하고 증명하는 수단이기도 하다.

시인의 관점에서 보면 언어예술인 시의 매체로서 언어(단어)를 통해 시의 특질을 어떻게 가장 적절하고 탁월하게 표현해내는가 하는 과제이기도 할 것이다. 언어로서 대상을 정의하고 이미지화하며 형상화해 내고, 이를 독자들과 소통(세상에 대한 송수신)하는 일이, 시인으로서의 피할 수 없는 명제라는 측면에서 그 중요성을 인식할 수 있다.

　사가와 시인이 '언어(말)'와 '문자'를 보는 또 하나의 시각
은, '기록'과 '남김' 또는 '치유'의 관점에서 보는 것이다. 작품
「상처와 언어」에서 시인은 다음과 같이 쓰고 있다.

　　상처는 글로 적는다/ 돌의 상처 종이의 상처/ 문자는 상처이
　므로/ 상처 입은 존재는 글로 쓰기 시작한다/ 그 자체의 언어로/
　풀의 언어로/ 물고기의 언어로/ 검은 대지에, 하얀 화면에/ 씨앗
　이자 칼날인 언어로// (중략)/ '아름답다'라는 말이 내려온다/
　은하가 잊어버린 별비처럼/ 인간이 내뱉고 인간을 초월해가는
　말/ 상처가 새로운 언어를 잉태하고/ 양수 속에서 흔들린다

　　　　　　　　　　　　　　　　　　　　─「상처와 언어」에서

　인간은 본능적으로 표현하고 남기기를 좋아한다. 그래서
예술 행위가 태어난 것이다. 언어예술인 시는 언어로서 문자
로서 남겨진다. 단단한 돌에 새긴 글자는 풍화와 더불어 사라
지지만, 가벼운 종이에 베껴 쓴 문자들은 세대를 거쳐 전해져
와서 오늘의 경전이 되고 문학이 되고 예술이 되었다. 즉 삶
그 자체가 된 것이다.

　상처가 언어와 문자가 되고 그 문자와 언어는 또 상처가
되는 순환을 하더라도, 상처 입은 자는 또 글(언어)로 쓰기
시작한다. 그래서 상처는 치유되고 또 새로운 언어를 잉태하
고 양수 속에서 흔들리게 된다고 시인은 표현하는데, 이 부분
은 자연스럽게 사가와 시인이 끈질기게 천착해오고 있는 '역

사'라는 명제와 만나게 된다. 역사는 기록이기 때문이고 역사의 기록은 비록 이면(裏面)이 있다 할지라도 현재의 바탕을 이루고 있는 것이며, 미래 역시 그 연장선상에 있게 되는 것임을 알기 때문이다. 또 무엇보다 기록은 언어(문자)를 바탕으로 이루어지는 것이기 때문에 기록과 역사는 '기억'과 만나며 기억을 요구한다.

인간의 시간 축은 과거와 현재와 미래의 겹침이고 연속이다. 현재와 미래가 더 중요하다고 하지만, 현재와 미래는 과거(역사)의 바탕 위에 있는 것이다. 역사를 배우는 목적이 과거의 지식을 늘리는 데 있지 않고, 과거를 알아서 현재와 미래에 바로 대처하기 위함임은 두말할 것도 없는 일이다. 사가와 시인이 지속적으로 자국의 과거를 들여다보고, 기억하며, 이와 관련되는 이웃나라들에 관심을 갖는 것도 바로 이런 이유에서일 것이다.

시인이 절망이나 고통을 말하는 것은 절망으로 끝내고자 하는 것이 아니라, 그 절망의 너머에서 비록 작더라도 언제나 희망을 발견하려는 몸부림인 것처럼, 사가와 시인이 이 시집 전체, 특히 제1부의 「죽은 자를 다시 잉태하는 꿈」을 비롯한 여러 탁월한 작품들을 통해, 개인적 가족사와 연계한 일본의 과거를 자주 드러내는 것은, 그것이 비록 치부며 과오라 할지라도(치부이며 과오일수록 더욱더) 그런 과거를 딛고 모국이 진정으로 더욱 멋진 나라, 아름답고 평화로운 나라, 더 나아가 평화를 만들고 기여하는 나라가 되기를 바라는 마음에서일 것이다. 앞부분의 인용문에서 고다 시로 시인이 사가와 시인의 작품을 두고, '미래에 대한 삶의 의지, 희망이 있다'고 언급한 것과 같은 맥락이다.

이런 관점에서 보면 한국이나 중국 등 이웃나라나 세계에 관한 관심과 표현 역시 보다 객관적 관점에서 자신과 자국을 바르게 더 잘 이해하려는 노력의 일환일 것이다. 타자(他者)를 통해 자신을 더 잘 이해할 수 있는 것이 인간이며, 자신을 내성적(內省的)으로 관찰하고 성찰하는 것이야말로 인간을 인간다운 지성적이면서도 통전적인 존재로 만들어준다는 차원에서 당연한 결론이 아닐 수 없다.

5.

끝으로 사가와 아키 시인 개인에 대한 얘기로 글을 마무리하고자 한다. 우선 이번 시집을 통해 볼 수 있듯이, 작품을 통한 한국 이해나 역사인식의 측면에서는 물론이고, 한일 문화교류 특히 현대시 교류에서 사가와 시인이 기여한 공로는 참으로 크다는 점을 말하지 않을 수 없다.

그동안 여러 권의 한국 시인들의 시집 번역출판에 관여해왔고, 본인이 참여하고 있는 시 잡지 등에 수시로 한국 현대시 특집과 한국 시인 특집 등을 통해 한국 현대시를 일본에 소개해왔다. 또한 오랫동안 한국의 계간지 『시평』의 일본 측 기획위원의 한 사람으로 참여하여, 한일 간 시의 교류뿐만 아니라 아시아 시의 교류와 지평의 확장에도 큰 기여를 해왔다.

또한 독학으로 한국어를 공부하여『한국 현대시 소론집』이라는 평론집까지 발간함으로써, 한국 현대시의 현황을 일본 문단과 독자들에게 소개하였다. 한일 간 현대시 교류를 논할 때 사가와 시인을 빼놓을 수 없는 이유이다.

특히 400페이지가 넘는 한일 시인들의 생태환경 시선집인『지구는 아름답다』를 기획·번역 출판한 것과 역시 500페이지가 넘는 방대한 도서인『재일 코리언 시선집』[모리타 스스무(森田進) 공편]의 발간은, 문학사적으로도 남을 만한 귀한 사역들이었다. 현대시와 관련된 일본의 출판 풍토상 이러한 일들은 쉽게 생각하기도 어려운 일들이 분명함에도 이처럼 튼실한 열매를 맺어놓은 것은, 앞의 작품론에서 언급한 사가와 시인의 시인으로서의 긍지와 양심, 역사를 통찰하는 통전적 지정의를 갖춘 시인으로서의 위의(威儀)가 어우러진 결과일 것이다. 한국 시인의 한 사람으로서 깊은 감사의 뜻을 표하고자 한다.

필자의 오랜 한일 현대시 번역과 교류의 동역자이며 시우(詩友)인 사가와 아키 시인의 제5회 창원KC국제시문학상 수상을 진심으로 축하하며, 역시 오랫동안 한일 현대시 교류에 앞장서온 한성례 시인의 탁월한 번역으로 한국어 번역시집『죽은 자를 다시 잉태하는 꿈』이 한국에서 출간되게 된 것을 아울러 축하하고자 한다.

해설의 끝자락에 사가와 시인이 궁극적으로 발신하고자 하는 내용을 잘 담고 있는 것으로 생각되는 시 한 편을 적으면서, 그가 희구하는 대로 한일 간에도 인류에게도 파괴와 공멸

의 언어 대신 상생(相生)과 희망의 언어가 함께 하기를 기원
한다.

(전략)

사회의 계측기가 망가졌습니다/ 생명의 눈금이 없었습니다/
인류의 0이 생명의 0이/ 가까워지고 있는데도/ 온갖 생명을/ 국
적이 다른 생명을/ 다르면서 동등하게 계산하는 값이 없었습니
다/ 생명의 척도는 직선이 아닙니다/ 상수리나무 잎의 타원형의
척도/ 달팽이의 나선형 타이머/ 잠자리 날개의 자/ 별의 광년의
시계/ 빙산 온도계// 새로운 생명의 눈금을 마련하지 않으면/ 새
에게 물고기에게 소에게/ 히로시마 나가사키의 아이들에게/ 후
쿠시마의 아이들에게/ 십만 년 후 미래의 지구에게 물어/ 스스
로 줄곧 바라보고 줄곧 생각하는 눈금/ 죽어가는 작은 새처럼
위기신호음은 계속해서 울리는데/ 날카로운 각도와 둥그스럼한
눈금을/ 살기 위한 눈금을/ 구해야 하리

— 「생명의 눈금」에서

나는 이 세상의 모든 것에 대한 답신이다

-한국시의 전달자이자 시를 통한 평화의 파수꾼

한성례

사가와 아키 시인은 사회파 시인 중 한 사람이다. 일본에서 사회파 문인이란 양심적이며 역사를 직시하는 문인들을 지칭한다.

사가와 아키 시인은 일본제국주의의 징병, 징용, 종군위안부 피해자, 독립운동가, 차별당하는 재일동포 등을 시로 형상화하고, 그러한 역사적 사실을 외면하지 않는다. 특히 조선인 피해자에 대한 영혼의 진혼곡 같은 시편들이 많은데, 그들을 시로써 보듬어주며 함께 폭력에 항거한다. 언제나 시선은 힘없는 약자와 피해자들을 향해 있다.

가난과 전쟁, 재해로 신음하는 아시아 여러 나라 피해자들의 고통을 대신 아파하기도 한다. 전쟁에 의한 여자와 아이들의 피해, 원폭 피해, 대지진의 피해 등 불가항력의 힘에 의해 희생당한 사람들을 기억해주고 위로해주는 것이다. 또한 원전 반대 운동을 포함한 생태, 환경운동과 반전운동 등에 동참하

며 한국과 아시아, 나아가 세계를 향해 평화의 파수꾼 역할을
자처한다. 이와 같이 사회적, 국제적인 시야뿐만 아니라 자연
에 대한 경외와 전 우주에 대한 광활한 의식을 가졌다.

사가와 아키 시인은 초기시부터 일관되게 민중적이며 사회
비판적인 시를 써왔다. 시편마다 일본 역사와 동아시아 국가
에 대한 깊은 고찰과 인간을 응시하는 통찰이 투영되어 있다.
객관적이며 난해하지도 않다. 그러나 읽으려면 결코 쉽지 않
다. 그럼에도 미래를 향한 의지와 희망으로 가득 차 있다. 시
어는 지적이면서도 서사적이며 무게감이 있다. 사색적이고 휴
머니즘적인 표현도 매력적이다.

'나는 이 세상의 모든 것에 대한 답신'이라고 사가와 아키
시인은 시에 썼다. 이 말에서 시인으로서의 마음가짐과 사명
감이 강하게 전해져 오고, 생명론, 언어론, 문명론이 한데 뒤
섞여 현재를 살아가는 우리들에게 커다란 물음으로 다가온다.
그 물음은 혼돈을 내포하지만, 혼돈 속에 태어난 메시지는 묵
직한 방향성을 갖고 있다.

사회적인 관점 외에도 한국어와 일본어를 시적 이미지로
형상화했다는 점도 또 하나의 특징이다.

사가와 아키 시인은 오랫동안 깊은 애정을 가지고 신문과
문학지, 인터넷 매체 등을 통해 한국 시를 일본에 소개해왔
다. 한국시를 일본에서 세계로 발신해온 전달자인 셈이다.

사가와 아키 시인은 2014년 제5회 창원KC국제시문학상을
수상했다. 심사위원들은 '정치가들에게 기대하기 어려운 역할
을 시인이 해낼 수 있음을 보여준 좋은 본보기다'라고 심사소

감을 밝혔다.

   그동안 한국시를 무한하게 사랑해왔듯이 사가와 아키 시인의 시가 한국의 독자들에게도 널리 읽혀지기를 기원한다.

사가와 아키(佐川亜紀)

1954년 도쿄(東京) 출생. 요코하마(横浜)국립대학 교육학부
졸업. 대학 시절 한국의 김지하 시인의 구명운동에 동참하면
서 한국 시인들과 인연을 맺기 시작했다. 가나가와(神奈川) 현
에 위치한 공립중학교 국어교사 근무를 거쳐 출판사 편집자
로 활동했다.

1982년부터 월간 시문학지 『시카쿠(詩學)』에 작품을 투고
하여 1985년 신인 추천을 받아 데뷔했다. 1991년 첫 시집『죽
은 자를 다시 잉태하는 꿈』을 출간하여 제25회 오구마 히데
오(小熊秀雄)상과 제23회 요코하마시인회상을 수상했다. 1993
년 시집『영혼의 다이버』를 출간하였으며, 2004년 시집『답신』
으로 제4회 시토소조(詩と創造)상을 수상했고, 2012년 시집『꽃
누르미』로 제46회 일본시인클럽상을 수상했다.

2000년 평론집『한국현대시 소론집』을 출간하였고, 2005년
『재일한국인 시선집』(모리타 스스무(森田進)와 공동 편저)을 출간
하여 이 저서로 제30회 지큐(地球)상을 수상했다. 공역서로는
『고은 시선집-지금 너에게 시가 왔느냐』『한일 환경 시선집-지
구는 아름답다』『이어령 시집-무신론자의 기도』 등이 있다.

1998년부터 2012년까지 월간 시문학지 『시토시소(詩と思想)』

197

편집위원으로 활동했으며, 현재도 부분적으로 참여하고 있다. 일본현대시인회 이사를 역임했고, 'H씨 상,' '현대시인상'을 비롯하여 여러 시문학상의 심사위원을 맡았다. 현재 일본현대시인회, 일본시인클럽, 요코하마시인회, 사회문학회 회원. 문학지『생명 바구니』동인.

옮긴이 한성례(韓成禮)

1955년 전북 정읍 출생. 세종대학교 일문과와 동 대학 정책과학대학원 국제지역학과 일본 전공 석사 졸업. 1986년『시와 의식』신인상으로 등단했으며, 한국어 시집『실험실의 미인』, 일본어 시집『감색치마폭의 하늘은』『빛의 드라마』등이 있고, '허난설헌문학상'과 일본에서 '시토소조상'을 수상했다.

번역서로는『한없이 투명에 가까운 블루』『세계가 만일 100명의 마을이라면』『1리터의 눈물』『달에 울다』『파도를 기다리다』등 다수. 또한 하이쿠시집『겨울의 달』, 시집『7개의 밤의 메모』『우리별을 먹자』『돌의 기억』등 일본시인의 시집을 한국어로, 정호승, 김기택, 박주택, 안도현 등 한국시인의 시집을 일본어로 번역하는 등 한일 간에서 다수의 시집을 번역했다. 현재 세종사이버대학교 겸임교수로 있다.

지은이 : 사가와 아키
1954년 도쿄(東京) 출생. 요코하마(橫浜)국립대학 교육학부 졸업
월간 『시카쿠(詩學)』 신인 추천을 받아 데뷔
시집으로 『죽은 자를 다시 잉태하는 꿈』 『영혼의 다이버』 『답신』 『꽃
누르미』 등이 있으며
수상에는 오구마 히데오(小熊秀雄)상, 요코하마시인회상, 시토소조(詩と
創造)상, 일본시인클럽상, 지큐(地球)상을 수상했다.

옮긴이 : 한성례
1955년 전북 정읍 출생. 세종대학교 일문과 동 대학 정책과학대학원
국제지역학과 일본 전공 석사 졸업. 1986년 『시와 의식』으로 등단했으며,
한국어 시집 『실험실의 미인』, 일본어 시집 『감색치마폭의 하늘은』 『빛의
드라마』 등이 있고, '허난설헌문학상'과 일본에서 '시토소조상'을 수상했다.

서정시학 세계 시인선 006

죽은 자를 다시 잉태하는 꿈

2014년 10월 25일 초판 1쇄 발행

지 은 이 · 사가와 아키
옮 김 이 · 한성례
펴 낸 이 · 최단아
펴 낸 곳 · 서정시학
편집교정 · 최진자
인 쇄 소 · 서정인쇄
주소 · 서울시 성북구 보문로 34길 39(동선동 1가, 백옥빌딩) 6층
전화 · 02-928-7016
팩스 · 02-922-7017
이 메 일 · poemq@dreamwiz.com
출판등록 · 209-91-66271

ISBN 978-89-98845-75-9   03830

계좌번호: 070101-04-072847(국민은행, 예금주: 최단아)

값   12,000원

* 잘못된 책은 바꾸어 드립니다.

이 도서의 국립중앙도서관 출판예정도서목록(CIP)은 서지정보유통지원시스템 홈페이지(http://seoji.nl.go.kr)와 국가자료공동목록시스템(http://www.nl.go.kr/kolisnet)에서 이용하실 수 있습니다.(CIP제어번호: CIP2014029444)